십이천문 12

허담 新무협 판타지 소설

초판 1쇄 찍은 날 § 2019년 9월 17일
초판 1쇄 펴낸 날 § 2019년 9월 24일

지은이 § 허담
펴낸이 § 서경석

총괄팀장 § 노종아
편집책임 § 김경민

펴낸곳 § 도서출판 청어람
등록번호 § 제387-1999-000006호
등록일자 § 1999. 5. 31
어람번호 § 제2-2809호

주소 § 경기도 부천시 부일로 483번길 40 서경B/D 3F (우) 14640
전화 § 032-656-4452 팩스 § 032-656-4453
http://www.chungeoram.com
E-mail § chungeorambook@daum.net

ISBN 979-11-04-92054-7 04810
ISBN 979-11-04-91872-8 (세트)

도서출판 청어람

십이천문

十二天門

2

혼수모어(混水摸魚)

담 新무협 판타지 소설

NTASTIC ORIENTAL HEROES

십이천문

十二天門

目次

제1장
마해밀도

"소림과 무당은 건드리지 마라. 산속에 웅크리고 있는 늙은 중과 냄새 나는 도사들이 산을 내려오면 마도(魔道)가 성한 적이 없었다."

두 팔이 잘리고도 자신의 머리만으로 밀천과 정천을 상대할 수 있다고 스스로 자부하는 혼마 창은 적월이 마지막으로 그를 만났을 때 이 말을 했다.

적월과 후금이 마맹에 들어와 마맹의 권력을 장악했지만, 사실 이 모든 일의 계획은 십이천문의 뇌옥에 갇혀 있는 혼마의 머리에서 나온 것이다.

또한 앞으로 이어질 모든 일들 역시 혼마의 머리에서 나올 것이다.

물론 그중 구 할만이 실행될 것이지만.

그런 혼마 창조차도 소림과 무당은 두려워했다.

"그렇게 도사들이 두려운 사람이 화산은 왜 공격했소?"

"화산은 소림이나 무당과는 조금 다르지. 두 문파보다는 속세의 물이 많이 들었달까. 화산 곳곳에 전대의 검객들이 산재해 있긴 하지만 소림의 늙은 중이나 무당의 늙은 도사들에 비할 바가 아니지. 그리고… 뭐, 상청궁 하나 태우는 정도로는 전면전을 각오할 화산도 아니고… 두 눈으로 보았잖아? 결국 무림맹에 나가 있는 자들을 불러들이는 것을."

인정할 수밖에 없는 혼마의 말이었다.

그래서 마맹의 마두들을 모아놓고 무림맹과 싸울 계책을 세울 때, 적월은 소림과 무당을 공격하는 계책은 아예 처음부터 거론치 못하게 했다.

화산을 공격한 경험이 있는 후금이나 몇몇 마두들은 화산보다 더 상징성이 강한 소림과 무당을 기습하는 것이 좋겠다는 의도를 내비쳤으나, 적월의 반대에 부딪혀 그 계획은 논의조차 제대로 되지 않았다.

"공격할 상대는 우리가 모든 것을 걸고 싸움에 나서지는 않을 정도의 문파여야 하오. 그런 면에서 소림과 무당은 뱀의 머리와 같은 존재들이어서 건드리면 안 되오. 그들이 움직이면 무림 전체가 움직이니까."

"그럼 어디가 좋겠소?"

"그건 맹주께서 결정해야 할 일 아니겠소?"

마치 어린애처럼 자신에게 모든 것을 물어보려는 후금에게 면박 아닌 면박을 주고 적월은 맹주전을 떠났다.

자신이 그곳에 남아 있다가는 후금이 모든 것을 상의하려 할 것이고, 그리되면 다른 마두들도 마맹의 실질적인 주인이 자신이라는 것을 깨닫게 될 것이다.

적월은 가급적 사람들의 관심에서 멀어져 있어야 한다. 그가 진심으로 하고자 하는 일을 하려면.

그런 면에서 맹주전에서 논의된 일들이야 나중에라도 적월의 생각과 다르면 바로잡을 수 있으니 사람들의 시선 속에 남아 있을 필요가 없었던 것이다.

맹주전을 떠난 적월이 찾은 곳은 맹주전에 거대한 몸집에 가려진 작고 단단한 건물이었다.

맹주전과는 한 몸처럼 붙어 있어서 밖으로 나가지 않아도 밀도처럼 생긴 통로가 이어진 건물. 마맹에서 유일하게 만들어진 조직, 마해류를 관장하는 건물이었다.

"다루기 쉬운 인물들은 아닙니다."

마해류의 건물로 적월을 안내하는 일은 마영이조의 조장 천융이 맡고 있었다.

마맹에서 혼마 창을 따르는 마영들 중 그나마 외부에 알려진 자가 천융이었다.

평소에도 마전의 경비를 담당하고, 혼마 창이 상천곡에 들어왔을 때는 그를 호위하는 일을 맡기 때문이다.

그런 그가 마맹 안에서 혼마 창의 분신이랄 수 있는 신마령주를 호위하는 것은 자연스러운 일이었다.

"어떤 면에서?"

"좀… 도도하달까요."

"마도의 인물들이 다 그렇지."

적월이 심드렁하게 대답했다.

"그런데 정도가 좀 지나치다 느끼실 수도 있습니다. 마맹에서 그들 마해오객은 각 문파의 우두머리들 이상의 권위를 가지고 있습니다."

"그래 봐야 정보나 관리하는 자들인데 그렇게까지?"

적월이 의아한 표정으로 물었다.

"그 자신감의 근원은 혼마 님이지요."

"사부님?"

"그렇습니다. 혼마께서 직접 마해밀도의 지휘를 마해오객에게 맡기셨기 때문에 그들은 자신들이 혼마 님의 특별한 총애를 받는다고 생각하고 있습니다. 또한 마맹의 일에 대해서는 자신들이 다른 마문의 문주들보다 더 중요한 위치에 있다고 생각하지요."

"음… 그럴 만하군."

듣고 보니 그런 생각을 할 수도 있었다.

마해밀도를 지휘하는 자들은 천하를 손바닥 보듯이 할 것이다. 더군다나 혼마 이외의 사람들에게는 제대로 보고도 하지 않을 테니 없던 자부심도 생길 위치였다.

"어쩌면… 령주님의 기분을 상하게 할 수도……."

천융이 조심스럽게 말했다.

"그럼 버릇을 고쳐주면 되지."

"손을 쓰시겠다는 것입니까?"

천융이 놀란 표정으로 물었다.

비록 적월이 마해류의 지휘권을 잠시 맡기로 했지만, 그렇다고 마해오객의 생사여탈권을 가진 것은 아니라고 생각하는 천융이었다.

특히 마해류는 마맹에서 유일한 공식적인 조직. 그 마해류를 지휘하는 마해오객을 맹주 허락 없이 베는 것은 생각하기 어려운 일이었다.

"가장 확실한 방법이잖아? 한둘 죽여서 나머지 버릇을 고칠 수 있다면."

"하지만 그리되면 맹주님이나 혹은 다른 마문 주인들의 반발을 살 수도 있습니다. 마해류는 누가 뭐래도 마맹의 유일한 공식적 조직이니까요."

"괜찮아."

적월이 덤덤하게 천융의 걱정을 받아넘겼다.

"……"

"맹주는 내게 어떤 반발도 할 수 없다."

적월이 자신이 마해오객 몇 죽인다고 해서 걱정할 일이 없는 이유를 설명했다.

그러자 천융이 잠시 침묵을 지키다가 조심스레 물었다.

"구중천주와는… 이전에도 만난 적이 있으신 겁니까?"

"상천곡에 들어오기 전에 한 번 봤지. 사부님의 소개로… 마맹의 맹주로 지목된 자이니 상천곡에 들어가기 전에 한 번은 만나

보라 하셔서."

"그래서 어떻게……."

말을 하다 말고 천융이 입을 다물었다. 자신이 너무 많은 질문을 하고 있다는 것을 깨달은 것이다.

"그를 만나서 무슨 이야기를 했냐고?"

적월이 천융의 마음을 읽고 되물었다.

"제가 주제가 넘었습니다. 다만 지난번에 맹주가 마전에 왔을 때도 그렇고… 맹주가 령주님을 무척 어려워하는 것 같아서."

"바로 봤어. 그는 내가 구중천의 고수 백 명을 죽여도 내게 반발하지 않을 거야."

"아… 그렇게까지……."

천융이 진심으로 놀란 표정을 지었다.

후금이 적월을 어려워하는 것은 단지 그를 맹주로 지목한 혼마 창의 제자이자 대리인이기 때문이라고만 생각했던 천융이다.

그런데 지금 적월의 말을 들어보면 두 사람의 관계는 그 이상의 것이 분명했다.

대체 구중천주 같은 마도의 거물을 어떻게 굴복시켰는지 궁금할 수밖에 없었다.

"난 말이야. 사람을 두고 이런저런 잔꾀를 쓰지 않아."

"무슨 말씀이신지……?"

"구중천주를 굴복시킨 것은 그의 목숨을 한 번 살려줬기 때문이지. 난 나에게 반발하거나 도발하는 자를 회유하거나 술책을 써서 굴복시키지 않아. 그의 목숨을 요구하지."

"아……."

천융이 두려운 눈빛을 보이며 나직하게 탄식을 흘렸다.

"그게 가장 확실해. 내 적이 되면 죽는다. 그 이상 뭐가 있겠어, 무림에서."

"그렇긴… 하지요."

천융은 신마령주가 자신이 생각하는 것보다 훨씬 무서운 사람이구나 하는 표정을 지어 보였다.

그러는 사이 그들은 긴 회랑 식으로 이어진 통로 끝에 도달했다.

"누구요?"

"날 모르오?"

회랑 끝에 나타난 문 앞에서 경비를 서던 마인이 적월과 천융을 막아서며 질문을 던지자 천융이 조금 불쾌한 표정으로 되물었다.

"아! 마저의……?"

버릇처럼 던진 자신이 물음이 차가운 대답으로 돌아오자 문을 지키던 마인이 그제야 천융을 알아본 것처럼 알은척을 했다.

"이제 알아보겠소?"

천융이 확인하듯 다시 물었다.

"어두워서 미처 알아보지 못했소이다. 미안하오. 그런데 이 밤중에 마해전에는 어쩐 일로……?"

생각해 보면 꼭 마해전이 아니라 다른 어떤 곳도 방문하기에는 너무 늦은 시간이다.

이미 자정이 넘은 지 오래다.

마인이 아니라 누구라도 잠자리에 들 시간이다.

"귀한 분이 오셨소. 마해전을 둘러보고 오객을 만나보고 싶어하시오. 안에 연락을 해주시오."

천융이 명령을 하듯 말했다.

그러자 문을 지키던 자의 눈썹이 꿈틀거렸다.

천융을 몰라본 것은 몰라본 것이고, 감히 마해류의 권위를 무시하는 천융의 태도에 화가 난 듯 보였다.

"이 시간에 오객님을 보겠다고 하는 것이 정상이오?"

문을 지키는 자가 참지 않고 화를 냈다.

적어도 마맹에서 마해류를 무시할 사람은 없다. 그것이 혼마창의 거처인 마전을 지키는 자라 해도.

"이분이 누군지 아시오?"

천융이 화를 내는 마인을 보며 차갑게 물었다.

그러자 마인이 적월에게 시선을 돌렸다.

"처음 보는 사람을 내가 어찌 알겠소."

마인이 퉁명스럽게 대답했다.

"오늘 낮 대회합에 나오지 않았소?"

천융이 다시 물었다.

"내 임무는 마해전을 지키는 것이오. 오늘은 외부로 나갈 수 없었소."

"그랬구려. 그러니 모를 수밖에. 잘 들으시오. 이분은 혼마 님의 이제자이시고, 신마령의 주인이시며, 오늘 대회합에서 마해류의 수장으로 지목되신 무영마 님이오. 이런 분도 한밤중이면 감히 마해오객을 만날 수 없소?"

천융의 다그침에 마인의 얼굴이 경직됐다.

천융의 말에 대답하는 대신 마인의 시선이 적월에게로 향했다.

적월은 여전히 눈 아래 얼굴을 황금 실로 수를 놓은 검은 면사로 가리고 있었다.

"정말… 신마령주시오?"

마인이 물었다.

질문의 상대가 적월인지 천융인지 확실치 않았다. 아니, 어쩌면 두 사람 모두에게 묻고 있는 것일지도 모른다.

"이 사람이, 감히 신마령주님을 보고도……."

"그만!"

천융이 더 이상 참기 어렵다는 듯 목청을 높이려는데 적월이 손을 들어 천융의 말을 막았다.

적월이 한 걸음 앞으로 걸어나가 자신을 응시하고 있는 마인에게 덤덤한 목소리로 말했다.

"잘 들어라. 한 번만 말하겠다. 난 마해류의 수장이 된 신마령주 무영마다. 난 기다리는 것을 무척 싫어해. 지금 즉시 문을 열고 들어가 마해오객에게 전하라. 내 앞에 얼굴을 보이는 데 지금부터 일각을 준다. 그 안에 도착하지 않은 자는 벤다. 오객의 자리를 원하는 사람은 많을 테니 나로선 아까울 것도 없지. 내 말이 제대로 전해지지 않는다면 널 베면 되겠고."

"흡!"

적월의 냉혹한 말에 마인이 당황해 숨을 들이마셨다.

"뭘 하나? 일각은 그리 긴 시간이 아닌데?"

적월이 재차 말했다.

그러자 마인이 그제야 자신이 최악의 위기에 빠졌다는 것을 깨달았다.

단지 눈빛만으로도 이 새로운 마해류의 주인이자 혼마의 이제자가 겁만 주고 있는 것이 아님을 알 수 있었다.

"알겠습니다. 즉시 전하겠습니다. 부디 용서를!"

마인이 급히 고개를 숙여 보이고는 허겁지겁 마해전의 문을 열고 안으로 달려 들어갔다.

"우리도 가지."

경비를 서던 마인이 마해전 안으로 사라지자 적월이 천융에게 말했다.

그러자 천융은 마치 적월이 자신에게 경고를 한 것처럼 두려운 얼굴로 대답했다.

"예, 주군!"

아마도 주군이란 말은 적월이 상천곡에 온 이후 천융에게서 처음 듣는 말일 터였다.

'나쁘지 않군.'

적월이 내심 만족감을 느끼며 마해전 안으로 들어갔다.

뚜벅뚜벅!

무게감이 느껴지는 느린 발걸음 소리가 들린다.

적월은 투박한 의자에 앉아서 걸음 소리를 듣고 있었다.

그의 앞에 역시 투박하게 만든 탁자를 사이에 두고 네 사람이 조금은 어색한 표정으로 서 있었다.

그들 앞에 의자가 없는 것이 아니었지만, 그들은 자리에 앉지 않고 선 채로 적월을 살피고 있었다.

쿵!

매끄럽게 다듬어지지 않아서인지 두꺼운 문이 거칠게 열렸다가 닫혔다.

그리고 무거운 발걸음 소리의 주인이 적월 앞까지 다가왔다.

"신마령주신지요?"

걸음 소리의 주인이 적월을 보며 물었다.

톡톡!

적월이 탁자 위에 놓인 신마령의 신패를 손가락으로 가볍게 두드렸다.

걸음 주인의 눈이 신마령으로 향했다.

"됐나?"

적월이 걸음의 주인을 보며 물었다.

도도한 눈초리, 발걸음 소리만큼이나 무겁고 단단해 보이는 몸집, 무림의 무사라기보다는 전장을 질주하는 무장의 모습이다.

"신마령주께 인사드립니다. 지황입니다. 마해밀도 일객입니다."

사내가 단단한 바위 같은 머리를 까딱여 인사를 했다.

인사는 하지만 누가 봐도 당신이 내 상전이 될 자격이 있는지 아직은 모르겠다는 표정이다.

"알아. 일객 지황. 사부께서 말씀하셨지. 길들이기 어려운 황소인데 한번 길들이면 제법 쓸모가 많을 거라고."

순간 마해오객의 우두머리인 일객 지황의 눈썹이 꿈틀거렸다.

사부가 혼마 창을 말하는 것임을 알고 있기 때문이다.

"혼마께서 그리 말씀하셨습니까?"

"응."

적월이 심드렁하게 대답했다.

사실은 너 따위에게 별 관심이 없다는 태도다.

그런 적월의 도도함이 자존심 강한 일객 지황의 심기를 건드리는 듯했다.

"또 무슨 말씀이 있으셨습니까?"

"그 뒤로는 달리 하신 말씀이 없지."

"저희들에게 전하는 말씀이 없으셨단 말입니까?"

이해할 수 없다는 듯 지황이 되물었다.

마맹에서 마해오객은 혼마 창의 심복 중 심복을 자처하는 자들이다.

그런 그들에게 새로운 주군을 보냈으면 분명 따로 전하는 말이 있어야 한다고 생각하는 지황이다.

그는 사실 혼마 창에게 마해밀도는 언제든 버릴 수 있는 하나의 도구에 지나지 않는다는 사실을 전혀 모르고 있었다.

혼마가 진심으로 자신의 충복이라 생각하는 자들 역시, 마해오객을 비롯한 마해밀도의 마인들이 아니라 마영십이조라는 것을 알지 못했다.

"계속 실수를 하는군."

적월이 탁자 위의 신마령을 자신의 품속에 넣으면서 말했다.

"……."

갑작스러운 적월의 말에 지황이 그 의도를 알아채지 못하고 적월을 바라봤다.

"내가 사부의 말이나 전하는 사람으로 보이나?"

적월이 지황을 응시했다.

순간 적월의 눈에서 차가운 안광이 흘러나와 날카로운 화살처럼 지황의 눈에 꽂혔다.

"음……."

지황이 자신도 모르게 한 걸음 뒤로 물러서며 나직한 신음 소리를 냈다. 그는 정말 한 대의 화살이 자신의 이마를 관통하는 듯한 느낌을 받았다.

"내가 사부의 전령 정도로 보이냐고 묻잖아?"

적월이 다시 물었다.

면사로 가린 얼굴이지만 목소리만으로도 숨길 수 없는 분노의 기운이 전해진다.

"아닙니다. 혼마 님의 이제자이신데 어찌……."

"내가 신마령주라는 건 알지?"

"물론입니다."

"신마령주가 어떤 사람인가?"

적월이 마치 마맹에 처음 들어온 사람에게 묻듯이 지황을 다그쳤다.

지황은 심장에서 자존심이 꿈틀거렸지만 분노를 억누르며 적월의 물음에 대답했다.

"혼마 님을 대신할 수 있는……."

"분신이지. 사부님의."

적월이 지황의 대답을 바로잡았다.

"그렇습니다."

지황이 바로 수긍했다.

"그런데 그걸 알고 있으면서 감히 신마령주의 명을 거역했나?"

적월이 지황을 추궁했다.

"외람되지만… 제 기억으로는 아직 신마령주님의 명을 거역한 기억이 없습니다만……."

억울함을 넘어 이런 식의 추궁을 더 이상 참을 수 없다는 듯 지황이 반문했다.

신마령주라는 지위, 예상보다 강렬한 시선에 한순간 긴장하기는 했지만 그렇다고 없는 죄까지 뒤집어쓸 마음은 없는 지황이었다.

"그래, 그럼… 네가 잘못한 거냐?"

적월이 갑자기 화살을 마해전 앞에서 경비를 서다 그를 만났던 마인에게 돌렸다.

"그, 그게 무슨 말씀이신지… 전 신마령주님께서 명하신 대로 했습니다."

마인이 억울한 표정으로 말했다.

"내가 무슨 명을 했느냐?"

"오객께 일각 안으로 신마령주님 앞에 도착하라는 명을 전하는 것이었습니다."

"그대로 행했느냐?"

"그렇습니다."

"그래? 그럼 그대 잘못이군."

적월이 다시 지황을 바라봤다.

그러자 지황의 얼굴에 불만의 기색이 떠올랐다.

"알겠습니다. 령주께서 화를 내시는 이유가 제가 일각이 넘어 도착했기 때문이었군요. 령주께 사죄드립니다. 제 처소가 가장 먼 곳에 있는 이유로 일각의 명을 지키지 못했습니다."

지황이 별일도 아닌 것으로 트집을 잡는다는 듯 불쾌한 표정으로 가볍게 고개를 숙여 보였다.

"잘못을 인정하나?"

적월이 되물었다.

"방금 전 사죄의 말씀을 드렸습니다만……."

"인정한다는 뜻이군. 그럼… 벌을 받아야지."

"령주님!"

더 이상은 참기 어렵다는 듯 지황의 목소리가 커졌다.

"왜? 벌은 받기 싫어?"

"령주님… 령주께서 혼마 님을 대신할 권한을 가지셨다는 것을 모르지 않습니다. 그러나 저희 마해오객은 단지 신마령을 가졌다고 움직일 수 있는 사람들이 아닙니다. 저희들은 혼마 님의 수족들로서 오직 혼마 님만이… 악!"

적월의 행동에 반발하던 지황의 입에서 한순간 비명이 터져 나왔다.

지황의 가슴에서 붉은 피가 뿜어져 나왔다.

"벌을 주고 말고는 주는 사람이 결정하는 거지 받는 사람이 결정할 수가 없다."

무심하게 말하는 적월의 손이 지황을 가리키고 있었다.

"아⋯⋯!"

"파천일지⋯⋯!"

"대형!"

너무도 급작스럽게 일어난 일에 천융은 물론 다른 마해오객 역시 경악스러운 표정으로 저마다 입을 열었다.

그사이 한 사내가 빠르게 달려가 비틀거리는 지황을 부축했다.

"이리 데려와."

적월이 지황을 부축하는 사내에게 명했다.

"령주님! 상처가 깊습니다. 당장 치료하지 않으면⋯⋯."

"일단 데려와."

적월이 다시 명령했다.

그러자 사내가 어쩔 수 없이 지황을 부축해 적월 앞으로 다가 왔다.

스릉!

한순간 적월의 검이 검집을 벗어나 자신 앞에 무릎을 꿇은 지황의 어깨에 닿았다.

검이 검집에서 벗어나는 순간부터 지황의 목에 닿는 순간까지의 시간이 거의 차이가 없는 극쾌의 움직임. 그러면서도 팔의 움직임이 자연스럽고 부드러워서 검법을 시전했다는 생각조차 들지 않은 움직임이다.

그 움직임을 알아본 마영 천융의 얼굴에 감탄의 기색이 떠올랐다 사라졌다.

물론 마해오객의 경우는 그런 적월의 무공을 눈여겨볼 정신이 없었다.

그들은 갑작스럽게 벌어진 적월의 과격한 행동에 놀라 몸과 마음이 모두 경직되어 있었다.

"지황."

"…예, 령주!"

지황이 고통을 참으며 대답했다.

"마해류가 누구 것이지?"

적월이 물었다.

"혼마 님의… 욱!"

지황이 대답을 하다 말고 신음 소리를 토해냈다.

그의 목 언저리에 닿아 있던 적월의 검이 어느새 가슴으로 내려와 파천일지에 입은 상처를 재차 찔렀기 때문이다.

그런데 고통은 있었지만 그런 적월의 행동이 지황에게는 약간의 도움을 주었다.

어떻게 찔렀는지 모르지만 상처에서 흘러나오던 피를 검이 막아 자연스럽게 지혈의 효과가 생긴 것이다.

"과거가 아닌 현재, 마해류는 누구 것이냐? 마지막 질문이다."

이번만큼은 적월이 차가운 살기를 드러냈다.

자신이 원하는 대답이 아니면 더 이상은 참지 않겠다는 뜻이다.

이다음은 당연히 죽음이다.

그 의도를 모를 리 없는 지황이 부르르 몸을 떨었다. 그리고 갈등이 시작됐다.

평소의 지황이라면 굴복할 수 없는 상황이다.

자신 뒤에는 혼마 창이 있다고 굳건히 믿고 있는 지황이다. 그런 그를 죽일 수 있는 사람은 마맹에 없었다.

그래서 만약 마맹의 다른 마두들이라면, 설혹 그것이 오늘 마맹의 맹주가 된 구중천의 천주 후금이라 할지라도 지황은 굴복하지 않고 반발했을 것이다.

적어도 죽지는 않을 거란 믿음, 결국에는 혼마 창의 존재가 자신을 지켜줄 거란 믿음이 있기 때문이었다.

그런데 오늘은 다르다.

먼저 상대가 특별했다. 그가 태산같이 믿고 있는 혼마 창의 이제자다.

더군다나 그 혼마 창으로부터 혼마의 분신이라는 의미로 신마령을 받은 인물이다.

아무리 혼마 창이 마해오객을 신뢰하고 아낀다 해도 자신의 이제자만큼은 아닐 것이다.

굴복할 수밖에 없다. 지황의 이성은 이미 결론을 내렸다.

그러나 그의 감정이 쉽게 굴복할 수 없게 만들었다.

지금까지 마해오객이 지휘하는 마해밀도는 마맹에서 독특한 위치에 있었다.

분명히 마문의 문주들에 비하면 공식적인 지위가 한참 낮은 위치지만, 그들과 대면했을 때는 오히려 그들의 위에 군림하는 존재들 같았다.

마문의 문주들은 모두 마해오객을 어려워했다. 오객이 혼마 창을 움직일 수 있다고 믿고 있기 때문이다.

그래서 마해오객은 자연스럽게 권력의 맛을 알게 되었다.

그들은 자신들이 정말 혼마 창의 권력을 대신 행사할 수 있는 사람들이라는 착각 속에 살게 된 것이다.

마문의 문주들까지도 자신들의 손아귀에 있다는 오만함, 그 오만함이 지황으로 하여금 적월에게 굴복하는 일을 망설이게 만들고 있었다.

그러나 현실은 냉정했다. 그리고 그 냉정한 현실을 적월이 검으로 지황에게 일깨워 주었다.

"난 인내심이 많지 않다."

"욱!"

적월의 말이 끝나자마자 지황의 입에서 다시 비명 소리가 흘러나왔다.

그의 가슴 상처에 박혀 있던 적월의 검이 옆으로 회전하면서 상처를 헤집은 것이다.

그리고 이 생생한 날것 같은 고통이 그동안 지황이 빠져 있던 환상에서 그를 깨웠다.

사실 그 자신은 아무것도 아니었다.

혼마 창이 아니라면, 자신은 마맹에서 어떤 권력도 가지지 못한 존재였다.

마문의 문주들이 참아주었을 뿐이지, 그는 감히 마문의 문주들과 같은 자리에 앉지도 못할 신분이었다.

하물며 혼마 창을 대신한다는 신마령주가 상대라면 그의 목숨은 파리 목숨이나 마찬가지다.

그렇게 보면 자신이 지금까지 살아 있는 것이 오히려 행운이다.

이런 현실을 냉혹한 고통 속에서 깨달은 지황의 행동은 빨랐다.

"죽을죄를 지었습니다. 혼마께서 령주께 신마령을 맡기셨으니 이제 마맹과 마해류는 오직 령주님의 것입니다. 제가 감히 그간의 작은 권력에 취해 죽을죄를 지었습니다."

지황이 그 자리에 부복했다.

슥!

지황이 엎드리는 통에 그의 가슴에 꽂혀 있던 적월의 검이 자연스럽게 그의 몸에서 벗어났다.

주르륵!

검이 빠진 지황의 상처에서 피가 흘러 바닥을 흥건하게 만들었다.

"정신 차렸군."

"부디 용서를!"

지황이 이마로 바닥을 찍으며 용서를 빌었다.

"생각보다 현명하군. 너, 홍가군이라고 했던가?"

적월이 두려운 빛으로 얼굴을 굳히고 있는 중년 여인을 지목했다.

"그렇습니다, 령주님!"

여인이 퍼뜩 정신을 차리고 대답했다.

"데려가 치료하라. 이각 후에 다시 데려오고."

적월이 턱으로 지황을 가리키며 말했다.

"감사합니다."

지황이 자신이 죽음에서 벗어났다는 것을 깨닫고는 재차 머리를 바닥에 대며 소리쳤다.

"됐어. 예전 우리 아버지가 약초도 캐고 농사도 지었는데, 그때 그러시더군. 밭 가는 소는 함부로 잡아먹는 것이 아니라고. 가서 지혈을 하고 와. 피를 많이 흘리고 심장 부근의 상처여서 심각해 보이지만 사실 생각보다 심각한 부상이 아니야. 내게 그 정도 재주는 있으니까. 그러니까 게으름 피울 생각 말고 이각 안에 돌아와."

"예, 령주!"

지황이 대답을 하고는 비틀거리며 자리에서 일어났다.

홍가군이 재빨리 지황을 부축했다.

홍가군의 부축을 받아 지황이 장내를 벗어나자 적월이 의자에 앉은 채로 나머지 세 명의 오객을 바라보며 말했다.

"그가 알고 있는 것은 그대들도 알고 있겠지?"

그라면 지황을 말함이다.

"그렇습니다."

남아 있는 오객 셋 중 하나가 대답했다.

이름은 주불. 지황과 달리 마르고 노련한 인물이다.

적월은 처음부터 침착한 주불이 마음에 들었지만, 그런 인물일수록 적월의 진실한 정체를 알아챌 가능성이 많아 조심할 필요도 있었다.

"그럼 그대에게 들어보지. 강호에 퍼져 있는 마해류의 조직과 마해밀도의 활동에 대해 짧게 설명하도록. 세세한 거야 내가 알 필요 없고."

"알겠습니다."

촤르륵!

주불이 대답을 하고는 미리 준비한 사람처럼 적월 앞에 한 장의 지도를 펼쳤다.

적월이 자신 앞에 놓인 탁자에 펼쳐진 지도를 바라보니, 거미줄처럼 선이 연결되어 있고 곳곳에 붉은 점이 찍혀 있었다.

"이 지도는 마해도라 부릅니다. 달리 혼마께서 정해주신 이름은 아니고 저희들이 부르기 편하게 붙인 이름입니다."

"마해도라… 그럴싸하군."

적월이 고개를 끄떡였다.

"마해류를 통해 들어오는 정보는 방대합니다. 중요한 것들만 해도 한 사람이 모두 기억하기 어려울 정도지요. 그래서 이 마해전의 절반은 세상에서 들어온 정보들을 정리해 보관하는 창고로 쓰입니다. 물론 마맹이 이제 시작되었으니 아직은 일 할도 채워지지 않았지요."

"음……."

적월이 무심히 고개를 끄떡였다.

하지만 적월의 속마음은 그리 여유 있지 않았다. 그는 새삼스럽게 혼마 창의 계획에 놀라고 있었다.

혼마 창은 상천곡의 마맹을 일시적으로 쓰고 버릴 곳으로 생각한 것이 아니었다.

마해류를 통해 얻은 정보들을 보관할 창고를 그토록 크게 만들었다는 것은 그가 적어도 살아 있는 동안에는 이 상천곡을 떠나지 않을 생각이었다는 뜻이다.

'이곳에 자신만의 마(魔)의 왕국을 세울 생각이었군.'

단순히 삼천의 내기에서 이기려는 목적이 아니라 혼마 창 스스로 마도의 제왕으로 군림할 계획을 세웠음이 분명했다.

또한 그건 그가 삼천의 시조라는 여의선인 순우황의 유지에서 벗어나고자 했다는 것을 의미한다.

'제때에 그를 잡은 건가?'

삼천이 스스로 무림 제왕의 권좌를 탐욕하기 시작한다면 무림이 흘릴 피는 과거 칠마의 난 때보다 몇 배는 더할 것이다.

삼천 중 둘이 죽기 전에는 끝나지 않을 싸움이었을 테니까.

그런 면에서, 하늘에서 갑자기 떨어진 행운처럼 혼마 창을 제압할 수 있었던 것은 십이천문만이 아니라 무림 전체의 행운이었던 셈이다.

'그리고 이제 그가 준비한 것들을 이용해 이천을 제거하기 위한 계획을 세울 수도 있을 테고……'

"마해류는 크게 네 줄기로 나뉘어집니다."

적월의 상념이 주불의 말로 끊어졌다.

적월도 다시 주불의 말과 탁자 위의 지도에 집중하기 시작했다.

"동서남북, 사류로 구분된 마해류는 저희들 오객들이 하나씩 맡아 관할합니다. 일백의 마해밀도 형제들은 오객에게 각기 스무 명씩 고르게 배분되어 있습니다."

"하나가 남잖아?"

적월이 되물었다.

마해오객은 다섯인데 강호의 구분이 넷이라면 한 명이 남는다는 뜻이다.

"이곳을 지켜야 하는 사람도 필요하니까요."

"누구지?"

"접니다."

주불이 대답했다.

"이상하군. 그가 우두머리가 아니었나?"

치료를 하고 있는 지황을 두고 한 말이다.

지황이 마해오객의 대형으로 불리는 것은 이미 확인한 사실이다.

그런데 상천곡 마해전의 중심을 맡고 있는 사람이 지황이 아니라 주불이라는 사실은 적월로서는 의외의 일이었다.

"대형은 한곳에 머무는 것을 싫어하시지요."

주불이 대답했다.

"그래? 사부님이 인정하신 것인가?"

"그렇습니다. 더불어 대형께 북방의 마해류를 맡긴 것은 북쪽에 거친 마도문이 많기 때문이기도 합니다. 대형의 성정과 어울리는 곳이지요."

주불이 차분하게 자신이 상천곡에 머물고, 오객의 우두머리인 지황이 북쪽 무림의 마해류를 맡게 된 이유를 설명했다.

적월이 고개를 끄떡이다가 물끄러미 주불을 바라봤다.

적월의 시선을 받고도 주불은 당황하거나 두려운 빛을 보이지 않았다. 대신 침착하게 물었다.

"제게 궁금한 것이 있으신 모양이군요."

"음……."

"뭐든지 물어보십시오."

"본래 어디 출신이지?"

적월이 물었다.

"마해오객은 달리 출신 배경을 가지고 있지 않습니다. 마문들의 의심을 받지 않기 위해 출신 문파가 없는 사람들을 찾으셨지요."

주불이 대답했다.

"그래도 무공을 배운 사람은 있을 것 아닌가?"

적월이 집요하게 물었다.

이유가 있었다.

혼마 창은 마맹에 대해 설명할 때 마해류의 중요성은 무척 강조했지만 이들 마해오객에 대한 설명은 자세히 하지 않았다.

당시에는 결국 마맹의 맹주에게 지시를 받고 그 명을 행하는 사람들이라 그랬으려니 했는데, 만나보니 그렇지가 않았다.

이들은 대단한 자부심을 가지고 있었다.

지황 같은 경우는 신마령주인 자신의 명조차도 고깝게 생각할 정도였으니 이들의 자부심이 어떤지 능히 짐작할 수 있었다.

이런 인물들에 대한 설명은 절대 가볍게 넘길 수 없다. 특히 외부인으로서 마맹의 지배자로 살아야 할 사람이라면.

그런데 혼마 창은 이들에 대한 설명을 가볍게 넘겼다.

'그의 숨겨진 칼일 수도 있어.'

적월은 절대복종을 맹세한 마해오객에게 오히려 경계심을 느끼고 있었다.

아니, 정확하게는 마해오객 전부가 아닌 주불 한 사람에 대한 경계심이었다.

처음 적월이 피를 보면서까지 패도적인 기세로 마해오객의 복종을 요구했을 때 오객은 모두 두려움에 떨며 적월의 요구를 받아들였다.

그런데 일단 마해류에 대한 설명이 시작된 이후 적월은 적어도 주불이 자신을 두려워하지 않는다는 것을 깨달았다.

근거는 없었다. 단지 육감에 의존한 판단일 뿐이었다.

그럼에도 그 육감에 대해 자신감이 있었다.

'노련하고, 침착하고… 두려움을 가장할 만큼 영악한 사람이지. 이런 사람을 결코 간과했을 리 없어. 더군다나 마해류의 중심에 있는 자가 아닌가.'

적월이 다시 혼마 창을 생각했다.

그가 왜 주불이라는 사람에 대해 특별히 설명하지 않았는지 새삼 의구심이 들었다.

"전 천산마효 사우곽이라는 분에게 무공을 배웠습니다."

"천산마효? 모르는 사람이군."

적월이 내심과는 다르게 심드렁하게 대답했다.

표정으로는 대단한 사람이 아니어서 조금 실망한 듯한 표정이다.

"세상에 알려진 분은 아니지요. 다만 혼마 님과 약간의 인연이 있어서 그 제자인 제게 이런 중책을 맡기신 듯합니다."

"사부님과?"

"그렇습니다."

자신을 믿으라는 듯 주불이 혼마까지 대화에 끌어들였다.

그러자 적월이 천천히 고개를 끄떡였다.

"사부님과 인연이 있다면 믿을 수 있겠군."

"능력은 부족해도 최선을 다해 령주님을 모시겠습니다."

주불이 대답했다.

'후우… 천산마효… 조사해 볼 필요가 있겠군. 실제로 존재하는 사람인지. 아니, 없는 사람을 거론했을 리는 없고. 정말 그가 이자의 사부인지를 알아내면 되겠지. 마영들도 있고……'

적월이 내심 주불에 대해 조금 더 조사해 봐야겠다고 생각하면서 입을 열었다.

"좋아. 믿을 만하군. 그럼 마해류에 대해 좀 더 자세히 들어볼까?"

제2장
마도의 바다에 그물을 치다

천하에 퍼져 있는 마해류로부터 마해전으로 정보를 전달하는 방식은 여러 가지였다.

보통의 경우 전서구를 이용하지만, 전서구는 사람이 아니라 가끔 흔적 없이 사라져 버리는 경우도 있었다.

그래서 정말 중요한 정보들은 사람을 통해 전해졌다. 그 역할을 대부분 마해밀도의 마인들이 담당했다.

그래서 마해밀도의 마인들은 마맹과 혼마 창에 대한 충성심은 기본이고, 경공과 보법이 특출한 자들로 구성됐다.

물론 환술이나 변장술에 능한 것도 기본이었다.

아주 특별한 경우에는 마해밀도의 마인들이 직접 그들이 얻고자 하는 정보처에 잠입해서 정보를 캐내야 하기 때문이었다.

"사람도 죽이나?"

사방에 퍼져 있는 마해밀도의 마인들에 대한 주불의 이야기를 듣고 있던 적월이 문득 물었다.

"그 말씀은 살수로서도 쓰이냐는 말씀이신지요?"

주불이 질문의 진의를 확인하듯 되물었다.

"음."

당연한 것을 묻는다는 듯 적월이 심드렁하게 대답했다.

"지금까지는 그런 경우가 없었습니다. 하지만……."

"준비는 하고 있다는 거군."

"혼마께서 말씀해 주지 않으셨는지요?"

"사부? 흐흐, 그 양반은 자신의 제자가 자신을 의지하는 것을 싫어하지. 스스로 모든 것을 얻기를 바라신단 말이야. 그래야 자신의 제자로 인정이 되시나 봐. 그 이야기 들었어?"

적월이 물었다.

"무슨……?"

"내가 사형을 은퇴시킨 일 말이야."

"아… 그, 그건……."

주불이 순간 당황했다.

물론 마해오객이므로 혼마의 이제자 무영마가 상천곡에 들어오기 전 일제자 절대마룡 막초를 비무를 통해 재기 불능으로 만들었다는 것은 이미 알고 있었다.

마해류의 가지가 마전까지는 아니어도 그 바로 앞까지는 퍼져 있기 때문이었다.

"알고 있겠지. 마해류인데……."

"마전 안까지 살피는 것은 아닙니다."

주불이 변명했다.

"그래야지. 만약 앞으로라도 마전 안까지 마해류의 물길을 넣으려 한다면 내 손에 다 죽을 거야."

적월이 아무렇지도 않게 흘려내는 말들이 마해오객을 두려움을 넘어 곤혹스럽게 만들었다.

혼마조차도 사람 목숨을 이렇게 쉽게 말하지는 않았었다.

"절대 그럴 일은 없을 겁니다."

"서로를 위해 그게 좋겠지. 아무튼 말이야. 사부란 양반은 내 손으로 사형을 굴복시켜 그 권력을 탈취하게 만든 사람이야. 그런 사람이 마해류의 모든 것을 말해줬겠어? 그랬다면 미리 사람을 보내 그대들에게 나의 명을 따를 것을 명령했겠지. 물론 그럼 피를 보는 일도 없었을 거고."

적월이 조금은 짜증 나는 듯한 말투로 말했다.

마해오객을 굴복시키느라 지황을 공격한 일이 결코 자신도 그리 유쾌하지 않다는 의사를 넌지시 드러낸 것이다.

"혼마께서는… 언제나 강한 수하들을 두길 원하셨지요. 하물며 제자분이시겠습니까."

주불이 혼마를 두둔했다.

"그러게. 지나고 보면 항상 사부님의 결정이 옳았지. 지금도 그래. 지황, 그의 피를 보지 않았다면 그대가 이렇게 고분고분 마해류의 모든 것을 내게 말해주겠나?"

"…신마령주님의 명에 언제나 복종할 뿐입니다."

반박의 말 대신 다시 한번 충성을 맹세하는 것으로 주불은 적월의 지적을 교묘하게 비껴 나갔다.

'훗, 역시 노련한 자야.'

적월이 내심 실소를 흘리며 다시 입을 열었다.

"아무튼 살수로서도 역할을 할 수 있다 이거지?"

"방법은 조금 다릅니다만……."

"방법이 달라?"

"직접 손에 피를 묻히지는 않습니다."

"그 말은… 살수들을 따로 기른다는 뜻인가?"

적월이 의외라는 듯 물었다.

"제대로 일할 수 있는 살수들을 수시로 알아둔다는 것이 정확한 표현일 겁니다."

주불이 대답했다.

"무섭군."

갑자기 적월이 정색을 하며 말했다.

그러자 주불이 동의했다.

"맞습니다. 무서운 분이시지요."

"그 말은 이 일도 사부님의 뜻에 의해 이뤄진 일이라는 것이군."

"그렇습니다. 혼마께서는 무림의 적 중 죽여야 할 자를 죽이는데 마해밀도가 힘이 되길 원하셨습니다. 다만 마해밀도가 드러나지 않는 방법을 원하셨지요. 그래서 언제든 청부할 수 있는 살수문들, 그중에서도 믿을 수 있는 자들을 관리하게 된 것입니다."

"설혹 살수가 잡혀도 마해밀도, 아니, 마맹과는 관련이 없게 되는군. 청부를 하며 마맹의 청부임을 언급하지는 않을 테니."

"그렇습니다."

주불이 다시 대답했다.

"그리고… 그 말은 마맹의 사람도 청부의 대상이 될 수 있다는 뜻이겠지?"

"……."

이번에는 주불이 적월의 말에 답을 하지 않았다.

그러나 그 무응답이 결국 긍정이나 다름없었다.

"참… 독한 양반이야. 하지만 뭐 나로서는 나쁘지 않네."

"조심해서 쓰셔야 할 칼입니다."

주불이 충고했다.

"걱정 마. 어쩌면 아예 쓰지 않을 수도 있으니까."

"그런 생각이시라면 마음이 놓입니다."

"후후. 왜, 내가 어딜 가나 피나 뿌리며 다니는 사람인 줄 알았나?"

"그런 것이 아니오라……."

주불이 얼른 고개를 저었다.

"좋아. 아무튼 마해밀도… 아주 좋은 도구를 얻었어. 마도를 장악하고 무림맹과 겨루기 위한 도구로서 말이야."

"실망하지 않으실 겁니다."

주불이 자신 있게 대답했다.

"좋아. 그럼 어디 한번 시험 삼아 두어 가지 일을 맡겨볼까?"

"하명하십시오."

주불이 대답했다.

"일단 그가 오면. 그래도 오객의 수장인데……."

적월이 지황이 올 때까지 기다리겠다고 하는 그 순간, 밖에서 인기척이 들렸다.

"하, 양반은 못 되는군. 호랑이도 제 말 하면 온다더니……."

적월의 말처럼 어느새 문 앞에 치료를 마친 지황과 그를 부축해 갔던 홍가군이 모습을 드러냈다.

지황은 어느새 생기를 찾은 듯했다.

그의 걸음에 흔들림이 없었다.

적월은 내심 지황의 무공에 감탄했다. 이런 회복력이라는 것은 무공의 잠재력이 큰 자가 아니면 보일 수 없는 것이었다.

"령주, 명하신 대로 이각 안에 돌아왔습니다. 앞으로는 다신 오늘과 같은 무례는 없을 겁니다."

지황이 투박한 말투로 말했다.

그 모습이 오히려 담백해서 적월은 지금껏 그를 상대한 주불보다 외려 지황에게 더 믿음이 갔다.

"상처는?"

"배려하신 덕분에… 크게 위험한 것은 아니었습니다."

"나도 재주가 제법 있지?"

위험한 곳을 피해 공격을 가한 자신의 무공에 대한 자랑이다.

"감히 제가 평할 수 없는 경지의 무공임을 알고 있습니다."

지황이 진심으로 말했다.

적월이 공격하던 순간, 그의 상처에 칼을 꽂던 순간, 그리고 상처를 치료하던 순간까지 무공으로만 보자면 지황은 끝없이 적월에게 감탄하고 있었던 것이다.

"좋아. 설마 뒤끝이 있는 건 아니겠지?"

"전 그런 옹졸한 놈은 아닙니다."

지황이 대답했다.

"좋아. 믿지."

적월이 선선히 지황의 다짐을 받아들였다.

"감사합니다."

지황이 정중하게 고개를 숙이며 말했다.

"아냐. 본래 이런 식의 시작이 서로의 관계를 더 신뢰할 수 있게 하지. 그나저나 그대가 오면 논의할 일이 있었다."

"하명만 하십시오."

천하제일인의 목이라도 따오겠다는 듯 지황이 굳은 표정으로 대답했다.

"마해류의 능력을 가늠하기 위해 간단한 일 두 가지를 맡겨보겠다."

"어떤 일인지요?"

지황의 등장으로 대화의 상대에서 물러났던 주불이 물었다.

"한 사람과 한 세력을 찾는 것."

적월이 대답했다.

"어떤 자입니까?"

다시 주불이 물었다.

"먼저 세력 이야기를 좀 하자고."

적월이 순서를 바꿨다.

세력을 찾는 일이 좀 더 중요한 일이라는 의미였다.

"마맹의 적입니까?"

"글쎄. 그걸 알아보려고. 혹 그대들 중 신화밀교라는 단체에 대해 들은 바가 있나?"

순간 적월을 호위해 온 천웅의 눈빛이 번뜩였다.

신화밀교를 알고 있는 것이 분명했다.

그러나 그는 침묵을 지킬 뿐 달리 적월의 말에 응대를 하지는 않았다.

적월은 느긋하게 앉아 있는 듯 보였지만 그 짧은 순간 장내 모든 인물들의 반응을 살폈다.

신화밀교를 알고 있는 자는 적어도 절대삼천에 대해 알고 있을 가능성의 범주에 넣어야 하기 때문이었다.

물론 혼마 창의 말이 사실이라면 이곳에 있는 모든 사람이 절대삼천의 존재를 몰라야 하지만.

"들은 적이 있군요."

주불이 대답했다.

그러면서 시선을 와송이란 이름을 가진 오객 중 한 명에게로 돌렸다.

주불의 시선을 받은 와송이 한 걸음 앞으로 나서며 입을 열었다.

"신화밀교에 대해선 제가 가장 많이 알고 있습니다. 혼마 님께 보고를 했던 것도 저입니다."

"그래? 어디까지 알고 있지?"

"역사는 알 수 없으나 제법 오랫동안 무림의 이면에서 활동해 온 사교의 무리로 알고 있습니다. 천하에 방대한 분파를 형성하고 있고… 최근 들어서는 적지 않은 풍파를 겪은 것 같습니다."

"어떤 풍파를 겪었다는 거지?"

적월이 다시 물었다.

"본래 제가 파악하고 있던 신화밀교의 분파는 합비와 황해에 인접한 작은 포구 소항, 그리고 낙양의 현학원, 이 세 곳이었습니다. 그런데 소항의 분파는 얼마 전부터 활동을 하지 않고, 합비의 분파는 누군가의 공격에 소멸했습니다."

"흐흠……."

내심 마해류의 저력에 놀란 적월이 나직한 침음성을 흘렸다.

물론 혼마 창이 와송에 비해 훨씬 많은 정보를 알고 있을 테지만, 마해류가 합비 신터에서 일어난 일까지 파악하고 있는 것은 뜻밖의 일이었다.

"그들을 조사한 것은 사부님의 명이었나?"

"아닙니다. 마해류의 하부 조직에서 단서를 잡았고, 이후 그들의 행동이 범상치 않아 제가 추가로 조사를 했습니다. 물론… 세력에 비해 워낙 신출귀몰하는 자들이라 말씀드린 이상의 정보는 저도……."

와송도 신화밀교에 대해선 더 이상의 정보가 없는 모양이었다.

"좋아. 그럼 그 일을 좀 더 해보지. 다른 것은 필요 없고, 강호 무림에 퍼져 있는 신화밀교 분파의 위치를 모두 파악한다. 그들이 뭘 하는지 알아내려 할 필요도 없다. 단지 그 분파의 위치만 파악하는 것으로 마해류의 능력을 보겠다."

"알겠습니다."

와송이 고개를 숙여 보였다.

"그리고 두 번째 일은… 의원 한 명을 찾아봐."

"의원을요."

오객 모두 의아한 표정으로 적월을 바라봤다.

"뭐… 대단한 사람은 아닌데 궁금한 점이 있어서."

"누굽니까?"

지황이 물었다.

직설적인 성격이 드러나는 질문이다. 그렇다고 처음과 같은 무례한 느낌은 없었다.

"홍림괴의라던데… 아나?"

적월이 되물었다.

"홍림괴의… 아! 사반수를 말씀하시는 거군요."

적월은 과연 마해오객이라고 생각했다.

과거의 인물, 사람들에게 잊힌 홍림의 의원을 지황은 알고 있었다.

천하의 정보를 다루는 마맹의 책임자다운 식견이다.

"알고 있군. 홍림은 오래전 멸망해서 아는 사람이 그리 많지 않다던데."

"그래도 홍림은 무림에서 소문을 다루는 자들은 모두 알고 있지요. 그들이 건재할 때는 어떤 문파도 함부로 건드리지 못하던 곳이었고요. 괴상스러운 의술 때문에… 그런데 그는 왜?"

"물어볼 말이 있어서."

"예?"

"아, 그건 개인적인 일이니까 신경 쓸 것 없고."

적월이 별일 아니라는 듯 손을 저었다.

그러자 갑자기 주불이 조심스럽게 입을 열었다.

"혹시……."

망설임 끝에 결국 묻지 못하는 주불을 보며 적월이 말했다.

"말해봐. 짚히는 게 있나 보지?"

"혹… 무혼마군에 대해 알아보시려는 건지요?"

"무혼마군의 일도 알고 있군."

"그로 인해 홍림이 멸문했지요."

주불이 대답했다.

"뭐… 겸사겸사……."

적월이 대답을 미루자 주불의 얼굴에 지금까지 보지 못했던 두려움과 불안함이 떠올랐다.

"뭐가 걸리는가?"

적월이 주불의 표정을 보며 물었다.

"과거 칠마께서 무혼마군을 만들려고 하실 때 혼마께서는 그 계획에 반대하셨습니다."

"그래?"

"모르셨습니까?"

"음, 무혼마군에 대한 것을 사부님께 들은 것은 아니어서……."

"그럼 어디서……?"

주불이 다시 물었다.

"이거 뭐 마치 죄인이 되어 취조받는 느낌인데?"

적월이 주불을 보며 씩 웃었다.

순간 주불이 자신의 실수를 깨닫고는 즉시 고개를 숙였다.

"불쾌하셨다면 용서를!"

"아니, 됐어. 궁금할 수도 있지. 하지만 나는 나고 사부는 사부란 걸 명심했으면 좋겠어. 사부가 반대한 일이라 해서 내가 하지 못할 것은 없거든. 적어도 사부께서 내게 신마령을 줄 때는 내 맘대로 무림을 주물러 보라는 허락을 하신 거니까."

"알겠습니다."

주불이 당황한 표정으로 대답했다.

"뭐, 그렇다고 내가 무혼마군을 만들겠다는 것은 아니야. 단지 그 원리가 좀 궁금해서 그래. 사부님의 혼천안을 배우다 보니 자연스럽게 홍림의 섭혼은 뭐가 다른가 싶더라고."

"아… 그러실 수도."

주불이 그제야 이해가 간다는 듯 고개를 끄떡였다.

"내가 이래 봬도 무공 수련에는 꽤 열심이거든. 물론, 운 좋게 무혼마군을 만들 수 있다면… 그땐 고민 좀 해야지."

"알겠습니다."

주불이 더 이상 궁금한 것이 없다는 듯 짧게 대답했다.

그러자 적월이 다시 입을 열었다.

"이 두 가지 일은 무림맹의 동태를 살피는 일과는 별개야. 내 개인적인 호기심이라고 할까. 그러니까 마해류의 주된 임무가 뭔지 항상 명심하라고. 괜히 내가 시킨 일에 신경 쓰다 본 임무를 잊지 말고."

"명심하겠습니다."

마해오객이 일제히 대답했다.

"이제 개인적인 명령 말고 공식적인 명을 내리겠다."

적월이 자리에서 일어났다.

"예, 령주!"

마해오객이 일제히 대답했다.

공식적인 명령이라는 말에 마해오객의 얼굴이 자연스럽게 굳어졌다.

"첫째, 마맹에 속한 모든 문파의 움직임 속에서 무림맹과 끈이 닿은 기미가 보이는 정보를 모아라. 알겠지만 명왕성의 소명왕 아진이 실종됐다. 그 일과 관련해 마맹 내부에 변절자가 있을 가능성이 있다."

"알겠습니다."

마해오객 역시 이미 마맹의 대회합에서 적월이 마해류의 통제권을 갖게 된 이유가 내부의 변절자를 찾아내기 위함임을 알고 있었다.

당연한 명령이었고, 그들도 준비하고 있던 일이었다.

"두 번째, 무림맹 구패의 움직임을 좀 더 세밀하게 살펴보라. 필요하면 마해밀도의 요원들이 움직인다."

"알겠습니다."

"특히 각 파의 고수들 중 무림맹으로 파견된 자들의 숫자와 이름을 파악하는 데 신경 쓰라. 그중 몇 곳을 공격하게 될 테니까."

"구패를요?"

마해오객이 모두 놀란 표정을 지었다.

구패가 누군가. 무림맹을 앞에 두고 당금 무림을 지배하고 있는 자들이 구패다.

물론 앞서 화산파를 공격한 전력이 있기는 하지만, 또다시 구패를 공격하는 것은 극히 위험한 일이다.

"혼수모어(混水摸魚)… 무림맹에 고수들을 파견하느라 힘이 약해진 구패 각 파의 본산을 공격해 저들의 전열을 흩트리고 무굴산 무림맹의 전력을 분산시키는 것이 목적이다."

"아, 그런 목적이라면……."

단번에 적월이 말하는 전략을 이해한 지황이 고개를 끄떡였다.

"어느 곳이 목표가 될지는 그대들이 알아낸 정보에 기초하게 될 테니 절대 허투루 하면 안 돼. 자칫 실수하면 외려 반격을 당할 수도 있다."

"예, 령주!"

"그중 소림과 무당은 제외다."

"알겠습니다."

다시 마해오객의 대답이 이어졌다.

"오늘은 이쯤 하지. 열흘 뒤 오늘 명한 일들을 결과를 듣겠다."

"열흘이라시면……."

주불이 조금 난감한 표정으로 말꼬리를 흐렸다.

"너무 짧나?"

"천하의 소식을 모으는 일이라서……."

"뭐, 다는 아니어도 그때까지 모은 정보의 결론이라도 듣지. 명색이 마해류의 수장인데 열흘 넘게 마해전에 오지 않을 수는 없는 일 아닌가?"

"알겠습니다. 그리 준비하겠습니다."

주불이 더 이상 이의를 달지 않고 대답했다.

"좋아. 그럼 기대하지. 한동안은 하루에 한 번은 잠깐이라도 마해전에 들를 거야. 그래도 명색이 마해밀도의 수장이니 그 정도 성의는 보여야지. 물론 그렇다고 일을 서두르지는 마. 말했듯이 오늘 지시한 일의 결과는 열흘 뒤에 들을 테니. 그럼 내일 보자고. 형님, 가시죠?"

적월이 자신의 등 뒤에 서 있는 환동을 보며 말했다.

"그래… 배고파."

환동이 퉁명스러운 목소리로 대답했다.

"가지."

적월이 이번에는 천융에게 말하고 자리에서 일어났다.

그러자 천융이 재빨리 앞으로 나서 길을 열기 시작했다.

"어떻게들 생각하나?"

적월이 사라지자 지황이 한 손으로 가슴의 상처를 누르며 다른 오객에게 물었다.

"무엇이 말입니까?"

와송이 되물었다.

"뭐긴, 신마령주님 말이지."

"그러니까요. 신마령주님의 무엇을 말입니까?"

"그냥 사람 그 자체에 대한 거지. 느낌이랄까."

지황이 퉁명스레 말했다. 굳이 설명해야 알아듣냐는 말투다.

그러자 적월이 있을 때 거의 말을 하지 않았던 여인이 입을 열었다.

여인은 천죽이라는 이름을 가지고 있고, 마해오객에 있는 두 명의 여인 중 한 명이다.

마해오객 중 나이가 가장 어린 여인이기도 했다. 물론 그래도 삼십을 넘은 여고수이긴 하지만…….

"어쩌면… 보이는 것과 달리 심성이 유한 분이실지도 모릅니다."

"이 꼴을 보고도?"

지황이 가슴의 상처를 가리키며 되물었다.

"그래도 살아 계시잖아요?"

"응?"

"죽지는 않으셨잖아요?"

"그야 그렇지만……."

지황이 말꼬리를 흐렸다.

그러자 천죽이 다시 입을 열었다.

"만약 절대마룡 님이었다면 부상 정도로 끝내지 않았을 거예요. 한 사람 정도 죽여서 경고를 했겠지요. 절대 복종하라는 경고요. 그런데 신마령주님은 대형의 목숨을 살려주었을 뿐 아니라 사실 부상도 치명적인 것은 아니었지요."

천죽의 말에 지황이 고개를 갸웃했다.

"그런 건가? 이제(二弟)는 어찌 생각하나?"

지황이 주불에게 물었다.

그러자 주불이 잠시 생각에 잠겼다가 입을 열었다.

"천죽의 말이 맞을 듯합니다. 보기와 달리 성정이 유하신 분인 것 같습니다. 하지만……."

"하지만?"

지황이 되물었다.

"그래서 더 조심해야 할 것 같습니다."

"이유가 뭔가?"

"뭐랄까… 보통의 마인들과는 다른 무엇인가를 가지고 계시더군요. 그런데 그런 사람을 혼마께서 후계자로 지목했다면… 특별한 경우 평소의 성정과 다른 면을 보일 수도 있다는 의미 아니겠습니까?"

"음… 그렇지. 혼마께서도 그런 분이셨으니까."

지황이 고개를 끄떡였다.

지황의 말에 오객 모두가 수긍하는 빛을 보였다.

그들이 아는 혼마는 평소에는 이 사람이 마도의 인물인가 싶을 정도로 침착하고 소탈한 모습을 하고 있었다.

그러나 결정적인 순간이 되면 그 누구보다 잔혹하고 냉혹한 면모를 보였다.

주불의 말을 되새겨 보면 그들이 만난 신마령주 역시 그런 성정을 가지고 있는 듯 보였다.

"아무튼 시킨 일을 신경 써서 해야 할 것 같아요. 첫 명령이니까요."

홍가군이 정색을 하며 말했다.

"그래야지. 아마도 이번에 시키신 일들의 성과로 마해류, 아니, 우리 다섯 사람의 능력을 판단하시려는 것 같아. 만족하지 못하시면 하루아침에 오객의 자리에서 내려가야 할지도 모르지."

"후우… 그나저나 무혼마군이라니… 참 생뚱맞게……."

천죽이 고개를 저으며 중얼거렸다.

"생뚱맞은 것은 아니야. 과거 칠마도 욕심냈던 것이니까."

주불이 말했다.

"보기와 달리 천하제패의 욕망이 있으신 걸까요?"

무혼마군에 관심을 갖는다는 것은 결국 무림의 패권에 욕심이 있다는 것으로 해석할 수 있었다. 혼이 없는 살인 괴물을 쓸일이 그 일 말고는 없기 때문이다.

"후우… 두고 보자고. 일단 오늘은 쉬고 내일부터 바쁘게들 움직여 보자고."

"예, 대형!"

지황의 말에 나머지 네 사람이 일제히 대답했다.

"좋아. 그럼 나 먼저 가겠네. 제길… 아프긴 아프군."

지황이 가슴을 부여잡고 자신의 거처로 발걸음을 옮겼다.

*   *   *

적월은 언제나처럼 검은 면사로 눈 아래 얼굴을 가린 채 안개의 계곡을 걷다가 문득 고개를 들었다.

눈부신 햇살 대신 하늘을 가리는 안개가 눈에 들어온다. 물론 그 안개 사이로 간간히 햇살이 화살처럼 꽂혀 들어와 계곡에 빛을 공급했다.

그럼에도 늘 으스름한 저녁 같은 상천곡이다.

빛이 없어도 자라는 나무와 화초들이 계곡 곳곳에 심어져 있었지만, 태양의 밝은 기운 없이는 어디서도 쉽사리 생기가 느껴지지 않았다.

구우우!

길게 비둘기 울음소리가 들린다.

곧이어 상천곡 위를 흐르는 안개를 뚫고 한 마리 비둘기가 햇살처럼 상천곡 안으로 내려왔다.

"또 무슨 소식을 가지고 왔을까?"

적월이 중얼거렸다.

"누가 보냈는데?"

등 뒤에서 환동이 물었다.

"그야 모르죠. 하루에 상천곡을 찾아오는 전서구만 해도 백여 마리가 넘는걸요."

"그럼 가보자. 마해전에."

환동이 얼른 말했다.

"왜요. 배가 고프세요?"

"응, 그곳에 가면 먹을 게 많아. 마전보다……."

사실이었다.

마전의 먹을거리는 과거 혼마가 머물던 시기와 비슷했다.

혼마는 금욕적인 식성을 가지고 있어서 건량과 채소 등이 마전의 주요 음식 재료였다.

반면 마해전은 마해밀도의 마인들이 항상 머무는 곳이라 다양한 종류의 음식이 준비되어 있었다.

그래서 그곳에 갈 때마다 호강하는 사람은 환동이었다.

"가볼까?"

적월이 이번에는 시선을 오른쪽으로 돌렸다.

그러자 묵묵히 그를 따르고 있던 마영 천이 대답했다.

"그러시지요. 마해전에 들르지 않으신 지 삼 일입니다. 하루에 한 번은 꼭 가시지 않았습니까?"

"매일 가는 것도 지루하더군. 그리고 특별한 소식이 오면 마전으로 연락이 올 테니까."

"마해오객을 신뢰하시는군요."

"의심하란 말로 들리는군."

"저희들과는 다른 자들입니다."

"무영오마와는 다르다?"

적월이 눈으로 미소를 지으며 물었다.

"그렇습니다. 그들은… 결국 외인이지요."

"하지만 사부님이 불러들였는데?"

"그래도 출신부터 마영으로 키워진 저희와는 같을 수 없지요."

마영 천은 마해오객이 마영들과 같은 신뢰를 받는 것이 못마땅한 모양이었다.

"물론 나도 그들을 온전히 믿는 것이 아니야. 그래서 그들의 뒷조사를 하라고 명한 것이고."

적월은 마해오객에 대한 뒷조사를 사조의 조장 도검악에게 맡겼다.

누군가의 뒷조사를 하는 일이라면 삼조의 조장 적사가 더 적당할 수도 있었지만, 적사와 혼마 창 사이에 그가 알지 못하는 특별한 관계가 있을 수 있다는 의심을 하고 있기에 마해오객의 뒷조사를 도검악에게 맡긴 것이다.

특히 도검악은 절대마룡이 몰락한 이후 마영십이조 내에서의 입지가 크게 약화되었기에 적월의 명이라면 치열하게 마해오객을 조사할 것이란 기대도 있었다.

"적어도 그들이 마맹 내의 권력자들과 어떤 식으로 끈이 이어져 있는지는 알아낼 수 있을 겁니다."

마영 천이 말했다.

"뭐, 그것도 좋고, 또……."

"그들에 대해 의심하고 계시는 바가 있으신 겁니까?"

"그냥 기우라고 해두지. 돌다리고 두드려 보고 건너야 하는 상황이니. 솔직히 난 이 상천곡에선 아직은 이방인이지."

적월이 말하자 마영 천이 얼른 고개를 저었다.

"그럴 리가요. 이미 상천곡의 사람들은 모두 알고 있습니다. 지금 마맹을 움직이는 사람이 령주님이시라는 것을요. 구중천주는 그야말로……."

차마 허수아비라고는 말하지 못하는 마영 천이다.

"그런 말 어디 가서 하지 마. 물론 그런 내색도 보이지 말고."

"그야 물론입니다."

"구중천주는 아주 유용한 사람이야. 적당히 능력 있고, 적당히 두려움도 있고……."

"그렇기는 하지요."

"그러고 보니 오늘 마해전에 들렀다가 그를 만나야겠군. 본 지 꽤 됐으니까."

"닷새가 넘으셨습니다."

"음… 이제 슬슬 움직여야 할 때이기도 하고."

"드디어……."

마영 천의 얼굴이 기대가 서린다. 움직인다는 것은 마맹이 세상으로 나간다는 의미다.

"할 일들이 많아질 거야."

"기다리고 있었습니다."

마영 천이 다부진 얼굴로 대답했다.

"후후, 좋군. 역시 내가 믿을 건 마영들뿐이야."

"결코 실망시키지 않을 겁니다."

마영 천이 진심으로 대답했다.

마해전으로 들어가자 주불이 제법 많은 양의 종이 뭉치를 적월 앞에 내놓았다.

"구패에 관한 것들인가?"

"그렇습니다. 최근 육 개월간 구패 고수들의 움직임이 낱낱이 기록되어 있습니다."

"그래? 어디 한번 볼까."

적월이 가장 먼저 관심을 가진 것은 최근 들어 송가장을 대신해 새로 구패의 일원으로 인정받은 북두산문에 대한 것이었다.

개인적인 관심은 물론, 북두산문에 대한 정보의 정확도에서 마해류의 힘을 가늠해 볼 수 있기 때문이었다.

북두산문은 최근까지도 내부의 힘을 키우기 위해 은밀히 움직이고 있었으므로, 무림에서 그 정보를 알아내기가 가장 어려운 문파 중 하나라고 할 수 있었다.

그런데 북두산문의 정보에 눈길을 주던 적월의 눈이 한순간 커졌다.

"백가산으로 돌아갔다고?"

적월이 홀로 중얼거렸다.

"북두산문 말씀이시군요."

주불이 적월이 보고 있는 서신을 보며 말했다.

"음……."

"그들은 구패의 일원으로 인정받은 후 본래의 본거지가 있는 백가산의 본 가를 다시 세웠다고 합니다. 아니, 정확히는 다시 세우고 있는 중이지요. 막대한 금자를 들여서……."

물론 주불이 말한 내용은 모두 적월이 보고 있는 종이에 쓰여 있었다.

"일천이라……."

"놀라운 숫자지요. 단 몇 년 내에……."

주불도 북두산문의 성장에는 진심으로 감탄하는 듯 보였다.

"이 중 일류고수가 몇일까?"

적월이 되물었다.

"파악된 바로는 삼 할은 일류로 보입니다. 절정고수 역시 적지 않습니다. 그런데 그들도 고려 대상입니까?"

주불이 물었다.

"고려 대상?"

적월이 되물었다.

"구패 중 공격하는 대상을 고르는 일 말입니다."

조금은 당돌한 질문이다.

구패 중 일부를 공격하는 일은 마맹의 가장 중요한 일. 대단한 위세를 가지고는 있지만 그래도 한낱 정보를 다루는 자가 논의할 일이 아니었다.

이런 일은 마맹의 수뇌들 사이에서 논의해야 하는 일이다.

그런데 주불은 스스럼없이 구패에 대한 공격 계획을 입에 올리고 있었다.

"뭐, 일단은 모두가 대상이지. 하지만 북두산문은 선택되지 않을 가능성이 커."

적월이 조금 못마땅한 표정으로 대답했다.

"……?"

이유를 묻고 싶었으나 주불은 함부로 입을 열지 못했다.

이미 적월의 표정에서 자신이 주제넘은 질문을 했다는 걸 알아챘기 때문이다.

그런 주불의 마음을 읽은 듯 적월이 묻지도 않은 말을 대답했다.

"구패의 일원으로 받아들여졌다고는 해도 북두산문은 다른 문파들의 견제와 무시를 받고 있지. 그 말은 가만히 놓아둬도 무림맹 안에서 내분을 일으킬 소지가 있는 문파라는 의미. 그런 뜨거운 불씨를 뭐 하러 끄겠나? 외려 바람을 살살 불어 불이 나게 해야지."

"그, 그렇군요."

주불이 예상치 않았던 적월의 세심한 생각에 놀란 듯 대답했다.

겉으로는 만사에 심드렁해 보이는 무영마다. 그런 무영마에게 이런 면이 있었나 싶은 모양이었다.

"보자… 북두산문에 비해 만무회는 하락세군."

"그렇습니다. 천산에서 전신극의 주인에게 후계자인 상황이 죽은 이후로는 줄곧 내리막을 걷고 있습니다. 당시 죽은 고수의 숫자도 적지 않고… 또 우연인지 모르겠지만 북두산문의 성장이 만무회에 부담이 되는 경우가 적지 않더군요. 검산파 역시 마찬가지는 한데……."

"음, 본래 그자들이 북두산문과 구원이 좀 있지?"

적월이 물었다.

세 문파의 관계를 누구보다 잘 알고 있는 적월이다.

"그렇습니다. 본래 만무회와 검산파는 북두산문에서 갈라져 나온 가지라고 해야지요. 물론… 주객이 전도되어 한때는 북두산문을 핍박한 당사자들이기도 하고……."

"결국 승부를 보게 되겠군."

"본 맹의 등장이 아니었다면 몇 년 안에 그리되었을 겁니다."

주불이 확신하듯 말했다.

"음, 앞으로도 그들이 싸울 날은 많지. 그리고 보자… 남궁세가. 흐흐, 이자들 참……."

적월이 실소를 흘렸다.

"……?"

왜 갑자기 남궁세가를 두고 웃음을 흘리는지 이유를 모르는 주불이 적월을 바라봤다.

그러나 이번만큼은 적월도 그의 호기심에 답을 주지 않았다.

대신 갑자기 자리에서 일어나며 말했다.

"맹주전으로 가야겠어."

"벌써 말입니까?"

주불이 놀란 듯 되물었다.

"갑자기 결심이 섰거든. 이건 내가 가져가지."

적월이 탁자 위에 놓여 있는 구패에 대한 정보 뭉치들을 집어 들고는 서둘러 마해전을 떠났다.

그러자 주불이 적월의 뒷모습을 보며 나직하게 중얼거렸다.

"남궁세가인가……."

제3장
마군(魔軍), 상천곡을 떠나다

생각해 보면 참 이상한 일이었다.

아무리 구패의 일원이라 해도 그런 거짓말을 해놓고 다시 음
양교 인왕 홍광을 쫓는 일을 독점하는 것은 지나치게 뻔뻔한 일
이었다.

남궁세가가 칠마의 난이 종결된 무렵 주살했다고 주장한 음양
교 인왕 홍광이 북화문에 재출현한 이후 벌어진 일들은 조금만
깊이 생각하면 절대 정상적인 것이 아니었다.

음양교 삼대법왕을 모두 주살한 것은 칠마의 난 당시 최고의
공적 중 하나였다.

그리고 그 공적으로 남궁세가는 구패의 일원으로 공인됐다.

그런데 그 공적이 조작된 것이라면 남궁세가는 구패의 자리에
서 물러나야 한다.

물론 당장 남궁세가의 세력이 강해 구패의 자리를 유지한다 해도, 염치가 있다면 스스로 봉문에 가까운 처신을 해야 했다.

　그러나 남궁세가는 오히려 인왕 홍광을 추적하는 일을 주도하고 있었다.

　그런데 무림맹의 그 어떤 사람도 남궁세가의 행보에 대해 이의를 제기하지 않았다.

　평소 남궁세가와 은연중에 경쟁을 하던 다른 세가는 물론, 역사가 짧다는 이유로 은근히 무시를 당하는 만무회와 검산파 역시 남궁세가를 공격하지 않았다.

　무림이라는 곳이 한 가지 작은 빌미만 잡아도 그 약점을 물고 늘어져 결국 상대로 하여금 굴복하게 만드는 치열한 권력 쟁투의 장이라는 것을 생각하면 확실히 의외의 일이었다.

　그런데 오늘 적월은 그 이유를 알았다.

　'정천 명안 이조가 배후에 있다면 충분히 가능한 일이지.'

　맹주전으로 걸음을 옮기며 적월이 생각했다.

　참으로 단순한 정보였다.

　뭐 그리 대단한 정보도 아니었다. 그런데 관심을 두는 순간 그 정보는 무척 특별한 정보가 되었다.

　적월이 눈여겨보게 된 정보는 명안 이조가 구패의 각 파를 방문한 횟수였다.

　마해류의 정보원들도 그저 형식적으로 기록해 둔 정보였다.

　누구도 그 횟수를 특별하다 생각지 않았다.

　그런데 명안 이조가 정천임을 알고 있는 적월의 눈에는 그 횟수들이 특별했다.

명안 이조는 다른 구패를 방문하는 것을 모두 합친 것보다 더 많은 횟수로 남궁세가를 방문하고 있었다.

물론 그래 봐야 일 년에 열 번을 넘지 않았으나, 무림에서 은퇴한 명안 이조의 행보로서는 무척 이례적인 일이었다.

그리고 그 방문은 인왕 홍광의 출현 이후 부쩍 잦아졌다.

또한 마도의 부활이 확인된 최근 들어서도 다시 남궁세가를 찾는 명안 이조의 발걸음이 확인되어 있었다.

'뭔가 있어.'

적월로서는 남궁세가와 명안 이조 간의 특별한 관계를 의심할 수밖에 없었다.

특히 인왕 홍광의 출현이 가져왔어야 할 남궁세가에 대한 비난이 크지 않았다는 점, 홍광을 추격하는 일을 남궁세가가 독점하게 되었다는 것은 결국 정천으로서의 명안 이조가 영향력을 발휘한 결과일 수밖에 없었다.

그런데도 강호에는 명안 이조가 남궁세가와 특별한 관계라는 소문이 아예 없었다.

소문조차 통제되거나 관리되고 있는 것이다.

이건 오직 정천의 힘으로만 가능한 일일 것이다.

'남궁세가의 과거 행보를 좀 더 조사해 보면 더 확실한 것을 알 수 있을 테지만……'

아쉽게도 적월에게는 시간이 그리 많지 않았다.

아무리 후계자를 내세웠다 해도 혼마 창의 오랜 부재는 명안 이조나 운중학 곤에게 의심을 살 수밖에 없었다.

어쩌면 혼마 창의 부재 이유를 밝히기 위해 그 후계자인 자신에게 사람을 보낼 수도 있었다.

세상에 완벽한 비밀은 없다.

더군다나 상대가 밀천과 정천이라면 더더욱 그렇다.

누구라도 어둠 속에서 무림을 지배하기 위해선 강력한 정보력이 바탕에 필요하기 때문이었다.

혼마 창에게 벌어진 일이 완벽한 비밀로 지켜질 수 있는 시간은 생각보다 짧을 수도 있었다.

적월은 그 안에 마맹을 이용해 두 사람을 궁지로 몰아야 했다.

그러자면 서둘러 그들이 예상치 못한 일을 벌여 그들을 당황하게 만들어야 한다.

'남궁세가와 신화밀교… 그 두 곳 말고는 없지. 만무회는 덤이랄까……'

애초부터 신화밀교에 대한 공격은 계획하고 있었다.

단지 정천의 급소를 찾지 못해 공격을 미루고 있었던 적월이었다.

그리고 오늘 그 급소가 될지도 모르는 곳을 찾아낸 것이다.

"신마령주님을 뵙습니다."

마해전과 이어진 맹주전의 문을 지키고 있던 구중천의 무사가 적월을 발견하고는 급히 머리를 숙였다.

맹주전은 이제 구중천의 성이나 다름없었다.

후금은 마맹의 맹주가 된 이후 구중천의 고수들을 대거 맹주전으로 데려왔다.

자신의 호위를 위해서라는 이유로는 설명이 되지 않는 많은 숫자의 마인들이었다.

그의 내심은 마맹의 주요 수뇌들이 드나드는 맹주전에서 마맹의 마두들에게 자신의 위세와 세력을 수시로 보여, 맹주의 권위를 높이고 싶은 것이었다.

맹주전에 드나드는 각 마문의 우두머리들 누구라도 맹주전에 가득 찬 구중천의 마인들을 보면 위압감을 느낄 수밖에 없었다.

그리고 누구도 그의 행동을 탓하지 않았다.

맹주는 후금이고, 맹주전은 곧 그의 거처이기 때문이었다.

하지만 그런 곳을 자기 집처럼 드나들 수 있는 사람도 있었다. 바로 신마령주인 적월이었다.

개인적으로는 후금의 생사여탈권을 가지고 있기 때문이기도 했고, 그 사실을 모르는 구중천의 마인들에게는 후금이 적월을 혼마 대하듯 대하라는 특별한 명을 내렸기 때문이었다.

그래서 적월을 상대하는 구중천 마인들의 정중함은 당연한 것이었다.

"맹주께서는 안에 계시느냐?"

"예, 계십니다."

"그럼 앞서 알려라. 내가 왔다고."

"알겠습니다. 신마령주님!"

구중천의 마인이 얼른 대답을 하고는 서둘러 맹주전 안으로 뛰어 들어갔다.

후금은 자신의 거처에서 거대한 지도를 펼쳐놓고 두어 명의 사람들과 이야기를 나누다가 적월을 맞이했다.

"어서 오시오, 신마령주!"

적월이 들어서자 후금이 시선을 돌려 적월을 바라보며 말했다.

웃음 띤 얼굴, 여유로운 태도, 아랫사람을 반기는 듯한 인상… 마맹의 맹주로서 그 지위가 주는 즐거움을 마음껏 누리는 후금의 모습이다.

적월을 대하는 태도조차 적월에게 자신의 목숨 줄이 잡혀 있다는 사실을 잊은 듯 보였다.

'홋, 사람이란……'

적월이 내심 실소를 흘리며 입을 열었다.

"마침 계셨구려."

"뭐, 외부에 싸움이 없으니 나갈 일도 없구려."

후금이 좀이 쑤시는 표정으로 말했다.

"뭘 하고 계셨소이까?"

적월이 후금이 보고 있던 천하 지도를 보며 물었다.

"그냥 뭐… 어딜 먼저 쓸어버릴까 생각해 보고 있었소. 아, 그대들은 그만 나가보지."

후금이 같이 있던 두 사람을 보며 말했다.

"알겠습니다, 맹주님!"

두 사람이 대답을 하고는 서둘러 후금의 거처를 벗어났다.

적월은 두 사람이 나가기를 기다려 후금 앞으로 다가가 자신이 마해전에서 가져온 종이 뭉치들을 지도 위에 올려놨다.

"이게 뭐요?"

후금이 적월을 보며 물었다.

"마해류를 통해 얻은 구패와 관련된 정보들이오."

"설마… 벌써 대상을 찾은 거요?"

후금이 흥분과 긴장이 함께 묻어나는 표정으로 물었다.

"기다리고 있었던 것 아니오?"

"흐흐, 그렇긴 하지만 이렇게나 빨리……."

"조금 더 오랫동안 맹주로서의 권력을 평화롭게 누려보고 싶
소?"

적월이 냉정하게 물었다.

하지만 넉살 좋은 후금은 능구렁이처럼 적월의 말을 받아넘겼
다.

"하하하, 솔직히 그렇소이다. 맹주 노릇을 하다 보니 나도 모
르게 이 노릇을 평생 하고 싶은 생각이 드는구려."

"그러면 항상 조심해야 할 거요. 지금같이 모두에게 도도한 태
도는 좋지 않소."

적월이 충고했다.

그러나 후금이 눈을 가늘게 뜨며 물었다.

"그 말은 내게 평생 마맹을 맡길 수도 있다는 뜻이오?"

"그대 하기 나름이지."

"정말이오?"

후금이 정색을 하며 물었다.

"내가 거짓말을 할 사람으로 보이오?"

적월이 퉁명스럽게 물었다.

"아니, 절대 아니지. 하지만 날 뭘 믿고……?"

"내가 언제 당신을 믿는다고 했소? 다만 당신은 언제든 내가 죽일 수 있으니까 가능한 일이지."

적월이 후금을 언제든 죽일 수 있다는 말을 태연하게 내뱉었다.

"젠장, 그럼 평생 그 혼천안의 제약에 걸려 살아야 한다는 뜻이구려."

"맹주 노릇이 하고 싶다면."

적월이 매정하게 말했다.

"흐흐흐, 하긴 뭐… 솔직히 신마령주께는 나로선 더 이상 남아 있는 자존심도 없고… 혼천안의 제약이야 령주의 말만 잘 들으면 문제 될 것도 없고. 어디요? 매를 먼저 맞을 놈들이."

후금이 화제를 돌렸다.

자신의 이상한 운명에 대해 더 이상 말하고 싶지 않은 표정이다.

그러자 적월도 더 이상 후금을 협박하지 않고 차분하게 말했다.

"무림맹에서는 남궁세가와 만무회 정도, 그리고 신화밀교의 분타 하나."

"음… 남궁세가와 만무회야 애초에 구패의 일원이니 그렇다고 해도, 신화밀교는 왜?"

후금이 의아한 표정으로 물었다.

"한번 건드려 볼 필요가 있을 것 같아서 말이오."

"흐흠… 생각보다 세력이 크니 그 배후를 알고 싶다는 것이구려."

"솔직히 말하면 배후도 짐작하고 있소."

"어?"

후금이 놀란 표정으로 적월을 바라봤다.

지금까지는 신화밀교에 대해 아는 바가 없는 것처럼 행동했던 적월이었기 때문이다.

"내가 당신에게 알고 있는 모든 것을 말할 필요는 없지 않소?"

"그렇긴 하지만… 그런데 이것도 혼마의 계획이오?"

십이천문의 뇌옥에 혼마가 갇혀 있다는 것도, 적월이 자신과 함께 마맹에 들어와 혼마의 후계자 노릇을 하는 것도 모두 혼마의 계책에 의한 것임을 알고 있는 후금이다.

사실 두 팔이 잘리기는 했지만 그래도 머리는 건재한 혼마의 존재가 혼천안에 의해 제압된 그의 뇌보다도 더 걱정스러운 후금이었다.

만약의 경우 혼마가 십이천문과의 거래로 어떻게든 마맹으로 돌아오면 가장 먼저 자신을 죽일 것이기 때문이다.

"그렇다고 해둡시다."

적월이 무심하게 대답했다.

사실 일의 반은 혼마의 계획이고 반은 그렇지 않았다.

신화밀교를 공격하는 것이야 밀천에 원한이 있는 혼마 창으로선 당연히 원하는 바였다.

반면 남궁세가를 공격하는 것은 혼마 창의 계획에는 없는 것이었다.

물론 구패 중 누군가를 공격해 명안 이조를 움직이게 해야 한다는 큰 그림은 혼마가 계획한 것이지만.

하지만 그 대상으로 남궁세가를 정한 것은 혼마도 모르는 일이다.

'변수를 넓혀가는 것, 그가 예상치 못한 일들을 같이 진행시키는 것이 그가 이 계획 어딘가에 숨겨놓았을 함정을 피하는 방법이겠지.'

적월이 속으로 생각했다.

적월의 속마음을 알 리 없는 후금이 계속 질문을 해댔다.

"혼마와는 대체 어떤 거래를 한 것이오? 단순히 마맹을 그대들에게 주겠다는 것 정도는 아닐 텐데. 분명 무슨 다른 목적이 있지 않소?"

"마맹 정도면 큰 거래지."

적월은 후금에게 절대삼천의 존재에 대해서는 말해줄 생각이 없었다.

물론 이 눈치 빠른 자가 혼마에게 마도의 절대자 이외의 다른 신분이 있다는 의심을 할 수는 있었다.

소호산 사당에서 혼마를 잡기 위해 함정을 만들었던 시기에 겪은 일을 생각하면, 눈치 빠른 후금은 당연히 그런 의심을 했을 것이다.

하지만 그렇다고 절대삼천이 만들어온 강호의 역사에 대해 모든 것을 알 수는 없는 것이었다.

"쩝, 말해줄 생각이 없는 모양이구려."

후금이 아쉬운 표정으로 중얼거렸다.

"일이나 합시다."

"알았소. 남궁세가는 어찌 끝장낼 거요?"

"그럴 힘이 마맹에 있소?"

적월이 퉁명스럽게 물었다.

"마맹의 전력 삼 할 정도 데려가면 가능할 거요."

후금이 대답했다.

"그랬다가는 바로 무림맹의 눈에 들어가 오히려 반격을 당할 것이오."

"뭐, 다른 자들이야 죽든 말든……."

과연 마인이라 불릴 만한 인물이다.

마맹의 맹주가 되었으면서도 다른 마문의 희생에 대해선 아쉬울 것 없다는 후금의 태도다.

"그래도 동료들 아니오?"

적월이 물었다.

"동료……? 하하하, 우리 신마령주께선 아직 세상을 다 알지 못하시는구려. 이 세상에는 영원한 동지도 적도 없소. 특히 이 무림에선 말이오. 만약에 내게 약간의 약점만 보여도 상천곡 오로에 들어찬 모든 마문들이 날 맹주 자리에서 끄집어 내리려 할 거요. 어디 그것뿐이겠소? 수시로 살수들을 보내 내 목숨을 노릴 거요. 이 마도는… 지옥 같은 곳이라오."

후금이 진심으로 적월에게 충고했다.

그 순간 적월도 퍼뜩 정신을 차렸다.

'그렇구나. 내가 들어와 있는 곳은 마맹이었구나. 약속과 신뢰, 믿음과 정의 따위는 전혀 발붙일 수 없는 곳, 권력과 야망, 속임

수와 배신이 난무하는 곳이 바로 이곳이었지.'

한편으로는 어리석다는 생각도 들었다.

상천곡 마맹에서 지내는 동안 자신도 모르게 이 마맹이라는 집단에 대해 어떤 소속감 같은 것이 생겼던 것이다.

그로서는 마맹을 필요하면 냉정하게 정천과 밀천을 상대하는 데 희생양으로 써야 하는 입장이다.

그런 자들에게 소속감을 느낀다는 것은 무척 위험한 일이었다. 결정적인 순간 냉정한 판단을 내릴 수 없기 때문이다.

"듣고 보니 맹주의 말이 맞구려. 내가 잠시 잘못 생각하고 있었소. 마맹이 음모와 혈투로 가득 찬 마도의 세계란 걸 잠시 잊은 모양이오."

"뭐, 그럴 수도 있는 일이오. 더군다나 그대는 신마령주라 아무도 그대에게 수작을 부리지 않았으니까. 하지만 진심으로 충고하건대 마문의 사람은 그 누구라도 절대 믿으면 안 되오."

순순히 자신의 실수를 인정하는 적월에게 후금도 진심으로 충고를 했다.

"기억하겠소."

"빙궁도 마찬가지요."

후금이 다시 경고했다.

그러자 이번만큼은 적월이 눈빛이 한 번 불꽃을 일으켰다.

"알고 있었소?"

"신마령주가 빙궁주와 모종의 거래를 했다는 것이라면 알고 있소. 물론 그 거래가 뭔지는 모르겠고……."

"날 감시하는 거요?"

"감시까지야. 빙궁에서 흘러나오는 소문을 듣는 것만으로 알 수 있는 일인데⋯⋯."

하긴 적월이 빙궁을 방문한 일은 이미 상천곡의 주요 마문들 모두 알고 있을 것이다.

"거래 내용을 들으면 고마워할 거요."

적월이 후금을 보며 말했다.

"내가 말이오? 대체 무슨 거래를 했기에⋯⋯?"

"그쪽에서 원한 것은 말해줄 수 없고, 내가 원한 것은 말해줄 수 있소. 내가 원한 것은 그대가 마맹의 맹주가 되는 것에 반대하지 말 것, 아니, 오히려 도와줄 것."

"정말이오?"

"대회합에서 빙궁의 궁주가 평소와 달리 그대의 맹주 등극을 두둔하는 말을 한 것을 잊었소?"

적월이 되물었다.

그러자 후금이 잠시 생각에 잠겼다가 고개를 끄떡였다.

"하긴⋯ 생각해 보니 그렇기도 하구려. 평소라면 입도 떼지 않았을 텐데. 빙궁은 마맹의 일에는⋯⋯."

"아무튼 빙궁과의 일은 그대에게 손해나는 일이 아니니 의심치 마시오."

"의심은 무슨, 그저 노파심에서 한 말이오. 빙궁도 마문이란 사실을 잊지 말라는 거요."

"알겠소. 어쨌든 구패를 공격할 계획을 짜보시오. 그리고 신화밀교는⋯ 낙양 현학원을 공격하는 것으로 하겠소. 물론 그 와중에 좀 더 많은 신화밀교 분파들⋯ 그들 스스로 신터라 부르는 곳을 찾아내면 공격의 대상을 바꿀 수도 있지만."

적월이 말했다.

그러자 후금이 다시 의구심이 드는 시선으로 적월을 바라봤다.

"문제 있소?"

적월이 후금의 시선을 의식하고는 물었다.

"아니… 좀 전에도 말했지만 신화밀교에 지나치게 관심을 두는 것 같아서……."

"나중에 알게 될 거요. 지나친 관심이 아니었다는 걸."

적월이 단호하게 말했다.

절대삼천의 시대를 후금에게 말할 날이 올지는 알 수 없었다.

그러나 적어도 후금이 그 이야기를 듣는다면 지금 적월이 하려는 일들을 충분히 이해할 것이다.

"알겠소. 나야 뭐 시키는 대로 하면 되니까."

후금이 더 이상 묻지 않겠다는 듯 고개를 끄떡였다.

"만무회나 남궁세가를 공략하는 것은 생각보다 어렵지 않을 거요."

적월이 신화밀교에서 남궁세가로 화제를 돌렸다.

"만무회는 몰라도 남궁세가를 너무 쉽게 보는구려. 그들은 전통적인 강호의 명문세가요. 결코 함부로 상대할 수 없는 자들이오."

후금은 적월이 나이가 어려 남궁세가의 저력을 잘 모르고 있다고 생각하는 모양이었다.

"그들과 전면전을 하려면 그렇겠지만 그들 일부를 함정으로 끌어들이는 정도면 쉽게 승리를 거둘 거요."

적월이 후금의 생각을 반박했다.

"함정? 어떻게 말이오?"

"음양교 인왕이 있지 않소."

"인왕 홍광……? 아! 그 빌어먹을 색마… 하하하! 과연 그렇구려. 좋은 미끼요."

후금이 재미있다는 듯 실실거리며 적월의 생각에 동의했다.

"출발은 열흘 뒤. 두 패로 나누어 강호로 나갑시다. 마룡군과 마호군이란 이름을 붙여 강호로 나갈 자들을 구성하시오."

"마호군과 마룡군이라. 그럴싸하군."

후금이 대답했다.

"양 군의 구성은 알아서 하시오. 이 정보들 속에서 두 곳의 전력을 좀 더 살펴보고 말이오. 물론 남궁세가와 만무회 주변의 지형도 자세히 조사되어 있으니 계획을 세우기 쉬울 거요."

적월이 자리를 털고 일어나며 말했다.

"흐흐… 아예 두 문파의 기둥을 뽑으려는 거요?"

"그건 아니고… 기둥 한두 개 정도는 부러뜨려야지 않겠소?"

"하긴… 대마맹의 행사인데! 하하하!"

후금이 생각만 해도 기분이 좋은 듯 너털웃음을 터뜨렸다.

*　　　　*　　　　*

열흘, 그 짧은 시간에 두 개의 조직이 급조됐다.

사실대로 말하면 조직이랄 것도 없었다. 체계가 복잡한 것도 아니고 우두머리가 하나인 것도 아니었다.

아직은 그 목적이 알려지지 않은 조직이기도 했다.

그러나 마호군과 마룡군이라는 이름으로 만들어진 이 두 개의 조직은 상천곡 마맹 마인들의 관심을 받을 수밖에 없었다.

왜냐하면 이 두 조직이 상천곡에 모인 마인들 중 가장 강한 축에 속하는 일류고수들로 구성되었기 때문이다.

마룡군에는 맹주문인 구중천과 자운산장, 탈혼문, 빙궁 등의 문파에서 절정의 고수들을 내놓았고, 마호군은 구중천과 더불어 마맹에서 실질적인 쌍두마차라 할 수 있는 귀곡을 중심으로 만독문, 군림성, 음양교의 절정고수들이 포함되었다.

양쪽 모두 인원은 일백여 명, 수천의 마인들이 득실대는 마맹임을 생각하면 그리 큰 조직은 아니었지만 그 안에 포함된 고수들의 면면을 보면 결코 무시할 수 없는 조직들이었다.

그렇게 조직된 양 군은 달도 뜨지 않은 어느 날 밤 홀연히 상천곡 마맹에서 사라졌다.

"그럼 잘 다녀오시오, 령주!"

적월은 자신을 배웅하는 구중천주 후금을 보며 참 알 수 없는 사람이라고 생각했다.

그는 자신의 제안대로 양 군을 조직해 강호로 내보내면서도 정작 그 자신은 상천곡 마맹에 남아 있겠다고 선언했다.

보통의 마맹 맹주라면 이런 경우 당연히 스스로 하나의 군을 이끌고 적을 치러 나가는 것을 택할 것이다.

맹주로서의 권위를 지키기 위해 반드시 필요한 일이기 때문이었다.

그런데 후금은 그렇게 하지 않았다.

그는 양 군을 각 파의 우두머리들에게 맡겨놓고는 자신은 상천곡에 남아 있기로 결정했다.

겁이 많은 건지, 혹은 강호에 나가 싸우는 것이 귀찮은 건지는 알 수 없었다.

마맹 마인들의 시선 따위는 관심도 없는 듯 보였다.

그는 마치 자신의 왕국이 된 상천곡에서 한 발자국도 나가기 싫은 사람처럼 행동하고 있었다.

'혹은 다른 속셈이 있는 걸까?'

누가 뭐래도 그는 구중천주 후금이다.

비록 허무하게 십이천문에 사로잡혀 그 심성의 밑바닥까지 보여주기는 했지만 그래도 구중천주는 구중천주다.

그의 내심에 어떤 흉계가 도사리고 있는지 알 수 없었다.

"정말 남아 있을 거요?"

적월이 상천곡의 출구인 절벽 윗길에서 후금에게 물었다.

"누군가는 이곳을 지켜야지 않겠소?"

후금이 미소를 지으며 대답했다.

"마맹 식구들의 눈초리가 따갑지 않소?"

"그따위 놈들 신경 쓸 게 뭐가 있소. 그리고 본래 예부터 어떤 전쟁이든 왕이 직접 나가 싸우는 경우는 드물었소. 왕은 궁궐에 머물며 장수를 임명해 전쟁을 지휘하는 법이오."

"마맹의 왕이시라……."

적월이 실소를 흘렸다.

"비록 허울뿐인 왕이라도 왕은 왕 아니겠소?"

후금이 지지 않고 대답했다.

"후우… 알겠소. 알아서 하시오."

적월이 정말 궁금한 표정으로 물었다.

"대체 여기 남아서 뭘 하려고 그러시오?"

"하긴 뭘 한단 말이오. 놀고먹는 거지."

"그대가 그럴 사람이 아니라는 걸 내가 모르겠소? 분명 다른 계획이 있을 것 아니오?"

적월이 날카로운 눈으로 후금을 보며 말했다.

그러자 후금이 겸연쩍은 표정을 지었다.

"날 의심하고 있소?"

"당연한 것 아니오."

"흐흐, 하긴 뭐… 나라도 날 못 믿었을 건데……."

"무슨 생각이오?"

적월이 다시 물었다.

"솔직히 말하자면… 마맹에 남아서 또 다른 조직 하나를 만들어볼 생각이었소."

"또 다른 조직?"

적월이 의심 어린 표정으로 후금을 바라봤다.

"아아, 걱정 마시오. 그대를 속이고 뭘 할 생각은 없으니까."

"그럼 왜 또 다른 조직이 필요한 거요?"

"맹주가 되었지만 칠마의 후예란 자들은 날 제대로 된 맹주로 대접하지 않고 있소. 혼마의 꼭두각시 정도로 여기지. 그래서… 십육마문에 속하지 않은 중소마문들, 그리고 홀로 마맹에 든 일인전승의 고수들을 모아서 내 세력을 형성해 볼까 했었소. 그런 조직이라면 그대들이 하려는 일에도 도움이 되지 않겠소?"

후금이 되물었다.

"구중천 이외의 친위 세력을 만들겠다?"

"뭐, 그렇게 말하면 그런 것이고……."

후금이 부인하지 않았다.

그는 정말 강한 권력을 가진 마맹의 맹주를 꿈꾸고 있는 듯 보였다.

하지만 그런 일을 하려면 적월의 동의가 반드시 필요했다. 그런데 그는 적월이 상천곡을 비운 사이에 그 일을 하려고 했다.

적월로서는 불쾌한 일이 아닐 수 없었다.

아니, 불쾌한 것보다도 후금에 대해 다시 한번 경계심을 가질 수밖에 없었다.

"그 일을 나 모르게 하려 했단 말이구려."

"맹주로서 그 정도 일은 할 수 있는 것 아니오? 그대들의 일에 방해가 되는 것도 아니고……."

후금이 변명하듯 말했다.

그러면서도 혹시 적월이 반대하지 않을까 걱정하는 기색이 역력했다.

어쩌면 그는 적월의 반대가 걱정되어 그가 없을 때를 노려 자신의 친위 세력을 조직하려 했는지도 모른다.

"알겠소. 그렇게 하시오."

"정말이오?"

적월이 너무 순순히 자신의 친위 세력을 만드는 일을 허락하자 후금이 놀란 표정으로 적월을 바라봤다.

"나에게도 도움이 되는 일이라고 하지 않았소."

"그렇긴 하지만… 날 경계하지 않소?"

"의심이야 언제나 하고 있소. 그래서 말인데, 앞으로는 날 속일 생각은 마시오."

"에이, 속이다니. 그냥 나중에 말하려고 했던 것이오. 반대할 것 같아서……."

후금이 손을 저으며 말했다.

"아무튼 그래서 한 가지 경고하겠소."

"무슨……?"

갑작스레 정색을 하는 적월을 후금은 흠칫한 표정으로 바라봤다.

"혼마가 내게 물려준 게 그의 후계자 자리가 전부는 아니오. 그는 내게 자신의 그림자들도 함께 물려줬소. 물론 마맹의 그 누구도 그들의 실체를 제대로 알지 못하고 있고."

"그 말은……."

후금의 표정이 딱딱하게 굳었다.

"당신이 하는 모든 일들이 하루마다 내게 전해질 거란 소리요. 또한 만약의 경우에는……."

"누군가의 손에 내가 쥐도 새도 모르게 죽을 수도 있다는 뜻이구려."

후금이 얼음처럼 굳은 표정으로 말했다.

적월이 침묵으로 대답을 대신했다.

"제길… 하긴 혼마 그 양반이 있을 때도 보이지 않는 그림자들의 활동이 있기는 했지. 뭐, 마전을 지키는 천융이란 자도 그렇고… 그런 부류요?"

"더 이상 알려 하지 마시오."

"몇이나 있소?"

더 이상 묻지 말라는 말에도 후금이 질문을 계속했다.

그러자 적월이 정색을 하며 말했다.

"상천곡 오로의 주요 마문 수장들의 목을 한날한시에 벨 만큼 있소."

"헉!"

후금이 헛바람을 토해냈다.

거짓이 아니라면 그가 생각했던 것 이상의 대답이었기 때문이다.

"정말이오?"

후금이 믿을 수 없다는 표정으로 되물었다.

"시험해 보시든지."

적월이 냉랭하게 대답했다.

"아, 아니오. 그럴 필요 없소. 어찌 신마령주의 말을 의심하겠소. 뭐 사실… 그동안 혼마가 마도를 장악한 것도 그런 이유가 있었을 거요. 마도가 어떤 곳인데 단지 그 명성만으로 한 사람의 손아귀에 들어가겠소. 당연히 어둠 속에서 보이지 않는 힘이 움직였겠지."

후금은 현실적인 사람이다. 시류를 알고 행동하니 준걸이라 불릴 수도 있었다.

그는 자신을 둘러싼 상황을 정확하게 판단하는 머리가 있었고, 세력의 강약을 평가할 판단력도 있었다.

그리고 결정적으로 그 힘의 크기에 따라 자신의 처신을 달리할 유연성, 누군가는 약삭빠른 성정이라 표현할 성격도 가진 사람이었다.

당연히 적월이 가진 혼마의 힘을 시험할 이유가 없다는 것을 아는 사람이었다.

"다행이오. 나도 당신의 목숨을 빨리 거두기는 싫으니까."

적월이 싸늘한 미소를 지었다.

"제길, 뭘 그런 살벌한 말을 하시오."

후금이 투덜댔다.

"아무튼 친위 세력을 만들려면 만드시오. 아니, 기왕에 만들려면 아주 단단한 조직으로 만드시구려. 그리고 훗날 그 친위 세력을 이끌고 출도해 맹주의 힘을 보여주시오. 그럼 그때 천주는 진정한 마맹의 맹주로 인정받을 것이오."

"후우… 그게 본래 내 방식이 아니어서. 에이, 뭐 그렇게 해봅시다. 나중에는 어딜 부숴주면 되겠소?"

후금이 물었다.

"그건 나중에 이 싸움의 결과를 보고 다시 판단해 봅시다."

"뭐, 좋소. 사실 무림맹 전체가 아니라면 어디든……."

"자신 있다는 뜻이오?"

"흐흐, 두고 보면 알 거요."

후금이 능글맞은 웃음을 흘렸다.

"기대하겠소."

"후후, 기대해도 좋소."

후금이 대답했다.

"그럼 이만 가보겠소."

적월이 후금에게 작별을 고했다.

그러자 후금이 시선을 돌려 상천곡에서 한참 벗어난 곳부터 시작되는 외길을 바라봤다.

상천곡을 완전히 벗어난 후에 시작되는 외부로 이어진 대로다. 상천곡의 마맹을 벗어난 후 마차가 제대로 다닐 수 있는 길의 시작점이라고도 할 수 있었다.

"그런데 정말 저들과 동행해도 되겠소? 규모가 제법 있어서 사람들의 이목을 끌 수도 있는데……."

후금이 길 위에 서 있는 네 대의 마차를 보며 말했다.

"오히려 다른 사람들의 의심을 받지 않을 것이오. 장사치들 아니오."

"그렇긴 한데. 하긴 뭐 금림의 상인이면 누구도 의심하지 않을 것이오. 나중에 강호에서 봅시다."

후금도 작별을 고했다.

그러자 적월이 고개를 끄떡이고는 환동을 데리고 천천히 상가 금림의 마차들이 기다리고 있는 곳으로 걸어 내려가기 시작했다.

"제길… 일이 참 복잡해지네. 에이, 뭔 상관이랴. 이러나저러나 난 마맹의 맹주인 걸! 돌아가자. 늑대들이 모두 떠났으니 이삼 일 즐겨야겠다. 술과 계집들을 준비해!"

후금이 멀찍이 떨어져 있던 구중천의 고수들에게 큰 소리로 명령했다.

"예, 맹주!"

구중천의 마인들이 일제히 대답했다.

"누굴까?"

금림의 젊은 대행수 수운은 어두운 절벽 사이로 이어진 길을 따라 걸어오는 두 사내를 보며 걱정스러운 표정으로 중얼거렸다.

애초가 그 자신은 반대했던 상행이었다.

마맹이라니.

누가 뭐래도 천하는 무림맹의 시대다.

물론 최근 들어 곳곳에서 무림맹에 도전하는 자들이 늘어나고 있기는 했다.

천산에서 일군의 무림고수들이 몰살을 당한 이후, 무림맹의 위세가 예전 같지 않다는 소문도 돌았다.

더군다나 천산혈사 이후 칠마의 난을 주도했던 십육마문의 후예들이 마맹을 결성해 무림맹에 정식으로 도전장을 던진 상황이었다.

그러나 그럼에도 불구하고 무림맹은 무림맹이다.

과거 칠마가 건재하던 시절에도 십육마문은 무림맹에 패해 궤멸적인 타격을 입고 변방으로 물러났다.

그런 자들의 후예인 마맹이 지난 이십 년간 강호에 군림하며 힘을 키운 무림맹 구패와 싸워 이길 것이라고 생각하는 사람은 아무도 없었다.

세상 권력의 흐름을 본능적으로 파악하는 상인들의 눈에는 무림맹의 성세가 여전히 이어질 것으로 보였다.

그런 상황에서 금림의 새로운 총수 여망은 마맹과의 거래를 명했다.

아무리 상인은 거래 상대를 가리지 않는다지만, 마맹과의 거래는 너무 위험한 거래였다.

마맹과 무림맹의 이차 정사대전이 끝난 이후 무림맹이 승자가 되면, 마맹과의 거래를 추궁당할 수도 있었다.

하지만 여망의 생각은 확고했다.

"과거 칠마의 난 때 십육마문과 거래한 상가 중 싸움이 끝난 이후에 무림맹에 의해 망한 곳이 있어? 없잖아. 그게 바로 상계와 무림계의 묵시적인 약속이야. 전쟁이 나면 상인은 적아를 구분하지 않고 장사를 하는 법이지. 그래서 전쟁은 상인들에게 최고의 시장이라고 하잖아?"

마맹과의 거래를 우려하는 대행수 수운에게 금림의 림주 여망이 한 말이다.

두 사람은 어려서 금림에 들어와 함께 성장한 죽마고우였다. 그래서 수운 역시 여망에게 자신의 생각을 주저하지 않고 말할 수 있는 위치였다.

다른 친구들, 여망을 배신했던 정명기를 제외하고, 천유정과 위릉 역시 이 거래를 반대했으나 여망의 의지는 확고했다.

그래서 결국 세 친구는 여망의 뜻에 따를 수밖에 없었다.

다만 한 가지 조건은 붙었다.

가능한 세상에 드러나지 않게 은밀히 거래한다는 것이 그 조건이었다. 물론 결국 거래가 길어지면 세상에 알려질 수밖에 없는 일이지만.

아무튼 그렇게 거래를 트기로 하고 나서 나온 첫 번째 상행이었다.

장안을 떠난 지 삼 일 후부터는 마맹에서 나온 안내자들이 금림 상인들의 눈을 가리고 그들이 금림의 마차를 몰았다.

이후 이름 모를 산길에 들어서야 눈을 가린 안대를 풀었고, 까마득한 절벽이 모여 있는 곳에서 짐을 내렸다.

그러고는 다시 안대로 눈을 가렸고, 그들이 처음 마맹의 고수들을 만났던 이곳까지 돌아와서야 눈이 자유롭게 된 금림의 상인들이었다.

결국 마맹과 거래는 하지만 마맹이란 곳에 들어가 보지도 못하고 돌아 나가는 꼴이었다.

그런데 그런 그들에게 마맹에서 한 가지 부탁을 해왔다.

"사람 두어 명 장안까지 동행해 주시오. 이유는 묻지 말고, 또 그 사람들의 정체도 알려 하지 마시오. 그냥 장안까지만 데려다주면 되오."

거절할 수 없는 부탁이었다.

사람 두어 명 함께 가는 것을 거절할 수는 없었다.

그러나 의문이 들 수밖에 없는 일이기도 했다.

'자기들은 다리가 없나, 말이 없나, 아니면 마차가 없나. 왜 굳이……'

이런 의문이 들었지만 수운은 순순히 마맹 고수의 부탁을 받아들였다.

그리고 그들과 동행하려는 자들이 지금 모습을 드러낸 것이다.

"반갑소."

정체를 궁금해하는 수운 앞에 다가온 적월이 덤덤하게 인사를 했다.

"기다리고 있었소이다."

수운이 거의 자신과 동년배로 보이는 적월을 보며 대답했다.

수운은 적월을 알아보지 못했다.

하긴 적월이 얼굴을 면사로 가리고 있기도 했고, 또 역용을 해 금림에 들렀을 때와는 다른 사람이 되었으니 적월을 알아볼 리 없었다.

"신세 좀 지리다."

"짐을 내려 모두 빈 마차이니 편하신 대로 타시구려."

수운이 네 대의 마차를 가리키며 말했다.

"대행수와 함께 가고 싶은데……."

"나와 말이요?"

수운이 뜻밖이라는 듯 되물었다.

"금림의 이야기도 좀 듣고… 안 되겠소?"

"아니, 아니외다. 뭐, 어려운 일도 아닌데. 일단 탑시다."

수운이 적월에게 자신의 마차에 오르기를 권했다.

적월이 수운의 권유에 따라 그의 마차에 오르자 대행수 수운이 자신과 함께 온 상인들을 보며 소리쳤다.

"자, 출발하세."

수운의 말에 따라 마차를 마맹의 고수들로부터 되돌려 받은 금림의 상인들이 마치 지옥에서 벗어나려는 사람들처럼 서둘러 마차를 몰기 시작했다.

제4장
과거의 잘못

"형님은 잘 계시오?"

갑작스러운 질문에 수운이 이자가 대체 무슨 소리를 지껄이는가 하는 표정으로 적월을 바라봤다.

마차에 타고 있는 사람은 오직 마차의 주인 수운과 적월, 그리고 환동뿐이다.

다른 때라면 자신이 직접 마차를 몰 일이 없었을 테지만, 마맹과의 거래는 가급적 적은 숫자로 거래를 끝내야 하므로 대행수인 수운도 마차 한 대를 맡아 몰고 있었다.

길은 평탄했다.

세상에서 가장 오래된 고도 중 하나인 장안은 역대 왕조에 의해 만들어진 사통팔달의 관도를 자랑한다.

그 길을 달리는 것은 어려울 것이 없기에 마차를 직접 모는 금림의 대행수 수운 역시 적월의 행동에 관심을 가질 만한 여유가 있었다.

"대체 누구 이야기를 하시는 건지……?"

수운은 고아다.

어린 나이에 시장판을 떠돌다가 금림의 전대 림주 맹자치의 눈에 들어 금림의 상인으로 키워졌고, 각고의 노력 끝에 여망과 더불어 젊은 나이로 행수 자리에 오른 인물이었다.

그런 사람에게 형님이라 불릴 피붙이가 있을 리 없다.

"아, 금림의 림주님 말이오."

"림주님요? 그야 뭐 잘 계서지만, 그런데 림주님은 내 형님이 아닙니다만. 마맹의 정보력이……."

실망한 눈치다.

현 문주 여망을 자신의 형님으로 알고 있다니 대마맹의 정보력치고는 실망스러운 수준이다.

"그대의 형님이라고 한 것이 아니오. 내 형님이라고 한 것이지."

순간 수운의 눈이 커졌다.

이건 또 무슨 소린가 하는 놀람 정도가 아니었다.

이 면사인은 마맹에서도 주요 인물이 분명했다. 그에게 동행을 부탁했던 마맹의 마두조차도 무척 조심스럽게 언급한 인물이었기 때문이다.

그런데 그런 자가 금림의 림주 여망을 형님으로 부른다니.

'대체 여망 이 친구는 무슨 일을 하고 다닌 거야.'

비록 림주이기는 하지만 개인적으로는 어려서부터 같이 자란 형제와 같은 친구. 그래서 천하 각지의 상행 중 각자에게 일어난 일들은 모르는 것이 없는 사이였다.

하지만 그는 여망을 형님으로 부르는 마맹의 고수가 있다는 소리를 여망에게 듣지 못했다.

하지만 한 가지 의문이 풀리는 순간이기도 했다.

수운은 마맹과 거래를 하면서도 도대체 여망이 어떻게 마맹과 선이 닿아 상거래를 하게 되었는지 의아했었다.

마맹은 여전히 천하무림의 공적, 그런 자들과 거래를 트는 일은 위험하기도 하지만, 극히 어려운 일이기도 했다.

한편으로는 거래를 트기 어려운 만큼 이문이 많이 남는 장사여서 여러 상가에서 욕심을 내는 거래처이기도 했다.

그런데 마맹 내의 고수 중 금림의 림주 여망과 호형호제하는 사람이 있는 것이다.

그럼 거래의 선이 어떻게 연결되었는지는 충분히 짐작할 수 있다.

하지만 한 가지 의문이 해결되자 더 큰 의문이 생겼다.

'대체 이자는 누군가. 어떻게 여망과 인연을 맺은 것인가?'

여망이 어떻게 마맹과 거래를 트게 되었는지 보다 훨씬 강렬한 호기심이 일어나는 듯했다.

"림주는 어찌 아시는지……?"

수운이 조심스레 물었다.

"여망 형님뿐 아니라 대행수님도 뵌 적이 있소만……."

"날 말입니까?"

수운이 다시 놀란 표정으로 되물었다.

적월이 가볍게 고개를 끄떡였다.

"대체 언제……?"

"역시 몰라보시는군요. 여망 형님이 금림으로 돌아갔을 때 동행했던 사람인데……."

"옛?"

수운이 화들짝 놀라 적월을 바라봤다.

어찌 기억하지 못하겠는가? 여망을 따라와서 놀라운 무공을 선보였던 그 젊은 고수를.

하지만 이자는 결코 그 젊은 고수가 아니다.

면사로 얼굴을 가리고 있지만 노련한 대행수 수운의 눈초리는 겨우 몇 달 전 자신들의 인생을 바꾸어놓은 젊은 고수를 알아보지 못할 만큼 무디지 않았다.

단지 얼굴을 가린 면사 위 눈과 이마의 생김새만으로도 구분이 가능하다.

"얼굴이 좀 달라졌지요?"

"정말입니까?"

수운이 다시 물었다.

"형님이 말하지 않던가요?"

"전혀……."

"형님도 참… 사지로 사람을 보낼 때는 귀띔이라도 해줄 것이지."

적월이 괜한 여망을 원망했다.

하지만 한편으로는 여망이라는 사람에 대한 신뢰감이 더 커졌다.

수운과 천유정, 그리고 위릉 이 세 명의 대행수는 여망에게 있어서 피를 나눈 형제와 같은 사람들이었다.

어려서 함께 금림에 들어와 성장했고, 전대 림주 맹자치를 몰아내는 데도 힘을 합쳤다.

물론 그들 중 한 명인 정명기의 배신이 있기는 했지만, 그로 인해 네 사람의 우정은 더욱 깊어졌다.

그런데 그런 사람들에게조차 여망은 적월이 마맹에 들어와 있다는 것을 말하지 않았다.

물론 십이천문의 문도로서는 당연한 선택이긴 했다. 아마도 만에 하나의 위험을 생각했을 것이다.

하지만 그럼에도 이런 여망의 행동이 적월의 마음을 든든하게 했다.

"본래… 마맹의 사람이었습니까?"

수운이 조심스럽게 물었다. 한편으로는 걱정스러운 표정이기도 했다.

만약 적월이 본래부터 마맹의 사람이었다면 금림과 마맹이 너무 가까워진다.

곧 금림이 상가로서가 아닌 무림의 한 세력으로 여겨질 수도 있고, 그렇게 되면 무림맹의 공격을 받을 수도 있었다.

"그건 아닙니다."

다행히 적월이 고개를 저었다.

"후우… 다행이군요. 그런데 그럼 왜 마맹에……?"

"그럴 만한 일이 있어서 잠시 마맹에 머물고 있습니다."

"그러시군요."

수운은 더 이상 적월이 왜 마맹에 머물고 있는지 묻지 않았다.

호기심이 없는 것은 아니지만 괜한 질문으로 적월을 곤란하게 하고 싶지 않았고, 몰라도 되는 일을 알아서 괜히 불안해하고 싶지도 않았다.

그런 수운을 보며 적월이 말했다.

"금림의 상가로서 위치는 변함이 없을 겁니다. 저와 형님의 인연으로 금림이 위험해지는 일은 없을 겁니다."

"…그런 걱정을 하지 않은 것은 아니지요."

수운이 솔직하게 말했다.

"그럼에도 불구하고 지금도 몇 가지 일에 있어서는 형님의 도움을 받고 있습니다."

"물론… 그렇겠지요."

아무런 대가도 없이 금림에 와서 여망을 도와줬을 리 없다고 생각한 수운이다.

"그리고 앞으로는 조금 더 많은 도움이 필요할 듯합니다. 역시 금림이 위험해지지 않은 선에서."

"그야… 결국 림주님의 뜻에 따라야겠지요."

수운이 대답했다.

지금 이 자리에서 자신이 결정할 일이 아니라는 뜻이다.

적월 역시 수운의 이런 대답에 불만이 없었다.

"대행수님, 이렇게 함께 동행을 하자고 한 이유는 형님께 긴히 전할 말이 있기 때문입니다."

"말씀하십시오. 림주께 들은 대로 전하겠습니다."

"먼저 저와 형님의 관계를 세 분 친구분께는 말해도 된다고 전해주십시오."

"우릴… 어떻게 믿으시고……?"

수운이 의아한 표정으로 되물었다.

적월과 여망의 관계가 아무리 돈독해도 수운과 천유정, 위릉 세 사람을 믿는 것은 다른 문제였다.

"형님을 믿으니까요."

"아, 알겠습니다. 림주가 우리를 믿는 만큼만 말할 거란 뜻이 군요."

수운의 말에 적월이 가벼운 미소로 대답을 대신했다.

"달리 전하실 말씀은……?"

수운이 물었다.

"곧 마맹이 남궁세가와 만무회를 공격할 겁니다. 신화밀교라 는 곳 역시… 공격받게 될 겁니다."

"아……! 그럼 정말 정사대전을……."

"정사대전까지는 아니고… 그래도 제법 큰 혈풍이 불 겁니다. 금림도 그에 맞게 준비를 해야겠지요."

"알겠습니다. 당연히 준비해야지요."

"그렇게만 전하면 나머지는 형님이 알아서 하실 겁니다."

"알겠습니다. 후우… 이거 긴장이 되는군요."

"상계에는 위기이자 기회겠지요?"

"그렇지요. 과거 칠마의 난이 끝난 후에도 결국 승자는 상계 란 말이 있었으니까요."

수운이 긴장한 표정으로 대답했다.

금림 상인들과의 여행은 삼 일 동안 계속되었다.

그러나 적월이 장안까지 동행한 것은 아니었다. 적월은 중도에 마차에서 내려 길을 달리했다.

그렇게 적월은 다시 세상의 이목에서 잠시 사라졌다.

*   *   *

차앙차앙!

날카로운 병장기의 충돌음이 어지럽게 밤하늘로 퍼져 나갔다.

간간히 들리는 비명 소리가 밤을 더욱 기괴하게 만들었다.

그나마 칼로 반을 가른 듯 떠 있는 반달이 시원한 빛을 뿌리고 있어 사람 사는 세상 같았다.

그러나 싸움이 벌어지는 곳으로 다가가면 갈수록 그 빛은 이 밤의 참상을 더 잔인하게 보여주는 역할을 했다.

곳곳에 쓰러진 사람들의 시신, 그중 절반은 팔다리가 없는 자들의 시신이다.

흐르는 피는 앞으로 나아갈수록 많아졌다.

급기야 하나의 작은 장원이 모습을 드러냈고, 그 장원 앞에서 서로를 향해 병장기를 들이대고 있는 사람들이 보였다.

아니, 자세하게 보면 싸움은 이미 끝난 듯 보였다.

근 오십여 명에 이르는 무인들이 이제는 열 명 안쪽으로 줄어든 자들을 포위 공격하고 있었기 때문이다.

수적으로 절대적으로 불리한 쪽 사람들은 공포에 질려 있었다.

그들 중심에 서 있는, 금의(錦衣)를 입은 초로의 인물 역시 두려움에 떨기는 마찬가지였다.

그러나 그러면서도 등 뒤의 문은 반드시 지키겠다는 듯 검을 버릴 생각을 하지 않고 있었다.

"검을 버려라."

금의의 노인을 향해 한 노검객이 검을 뻗어내며 소리쳤다.

"이놈!"

금의를 입은 노인이 이를 갈며 검을 머리 위로 들어 올리면서 욕설을 퍼부었다.

차앙!

두 개의 검이 충돌하면서 날카로운 불꽃들이 터져 나왔다.

주룩!

충돌의 여파로 금의를 입은 노인의 뒤쪽으로 밀려가 장원의 정문에 등을 기대어 겨우 멈춰 섰다.

"베겠다."

노검객이 살기를 드러내며 뒤로 밀어낸 금의 노인의 목을 향해 검을 찔렀다.

"놈!"

"물러나라!"

금의 노인 양옆에서 그의 호위로 보이는 자들이 뽑아 든 두 개의 도검이 뻗어 나와 노검객의 검을 막았다.

콰앙!

잔뜩 진기를 머금었던 노검객의 검이 이번만큼은 적의 방어

막을 뚫지 못하고 뒤로 튕겨져 나갔다.

노검객의 검을 밀어낸 두 사내가 재빨리 금의 노인의 앞을 막아섰다.

둘 모두 중년을 넘어선 자들로 눈빛이 날카롭고 기도가 삼엄한 것이 절정의 경지에 오른 인물들이 분명했다.

"후후, 세력으로 싸우자면 절대 상대가 될 수 없을 텐데?"

뒤로 물러난 노검객이 비릿한 웃음을 흘렸다.

그러면서 가볍게 손을 들어 올리자 그의 뒤에 서 있던 수십 명의 무인들이 반달 모양의 검진을 형성하기 시작했다.

번쩍거리는 도검의 광채들, 눈에 드리운 사나운 살기… 그 어디에도 탈출구는 없었다.

물론 문을 열고 장원 안으로 들어가면 일단 몸을 피할 수 있을 것이다.

그러나 금의 노인은 이 무서운 자들을 결코 장원 안까지 끌어들이고 싶지 않았다.

그건 아마도 장원 안에 그의 식솔들이 머물고 있기 때문일 것이다.

"감히 반항을 했으니 모두 쓸어버리겠다. 개미 새끼 한 마리 살 수 없게……"

노검객의 입에서 소름 끼치는 경고가 흘러나왔다.

그 순간 금의를 입은 노인이 급히 소리쳤다.

"대체… 이유나 압시다. 왜 우리 용가장을 공격하는 것이오? 바라는 것이 뭐요?"

"일단 무릎을 꿇어라."

노검객은 다른 어떤 말도 필요 없다는 듯 금의 노인에게 굴복을 강요했다.

"검을 버리면 살려주겠다는 것이오?"

약속만 한다면 충분히 검을 버릴 의사가 있다는 뜻이다.

"생사는 문주께서 결정하신다. 어차피 검을 들고 있어도 죽는 것은 변함없다. 검을 버리고 문주님의 자비를 바라는 편이 낫지 않겠느냐?"

노검객이 차가운 눈으로 금의 노인을 바라보며 말했다.

"대체, 그대가 말하는 문주라는 사람이 누구요?"

금의 사내가 반발하듯 소리쳤다.

그것이 노검객에게는 항복을 거부하는 것으로 느껴진 듯했다.

"마지막 기회를 버리는군. 그럼 어쩔 수 없지. 용가장을 세상에서 없애 버리는 수밖에."

노검객이 서슬 퍼런 검을 들어 올리며 말했다.

순간 금의 노인이 급히 소리쳤다.

"잠깐, 잠깐 기다리시오."

"난 시간을 끄는 것을 좋아하지 않아."

노검객이 말했다.

"용가장 뒤에 누가 있는지 아시오?"

"물론, 만무회와 검산파의 지원을 받고 있겠지. 그들의 재정에 막대한 도움을 주고 있으니까."

"아… 시는구려."

"모르고 있었다면 그들을 들먹여 협박하려 했나?"

"그, 그런 것은 아니고. 혹시 모르는 것이 아닌가 해서."

무림에서 만무회와 검산파 둘 모두 누구도 무시할 수 없는 문파다.

구패의 일원으로 당금 천하의 운명을 좌우하는 문파들이 그들이다.

그런데 이 기습자들은 그들의 존재조차 안중에 없는 모습이다.

그럼 정말 무서운 적들이 분명했다.

"꿇어라!"

노검객이 다시 소리쳤다.

그러자 금의 노인의 눈동자가 어지럽게 흔들렸다. 그러다가 결국 검을 땅에 꽂으며 그 자리에 무릎을 꿇었다.

퍽!

그가 꽂아 넣은 검이 반절까지 땅속에 박혔다.

비록 패배를 자인하고 있지만, 그의 무공이 결코 가볍지 않다는 걸 의미한다.

"장주님!"

금의 노인이 검을 버리자 그를 호위하던 두 명의 검객이 놀란 표정으로 노인을 불렀다.

"됐네. 모두 할 만큼 했어. 오늘 죽은 장원의 식솔이 서른이 넘네. 그들의 피가 안타깝지만, 내가 무릎을 꿇기에는 충분한 피지. 더 이상의 희생은 원치 않네. 그대들도… 할 만큼 했어."

"하지만……."

"식솔들을 생각하십시오."

두 명의 무사가 거의 동시에 소리쳤다.

그러자 금의 노인이 대답했다.

"식솔들을 생각해서 이러는 걸세. 항복하면 나야 죽겠지만 장원의 어린애들과 여자들은 살 수 있겠지. 운이 좋으면 나 하나 죽는 것으로 끝날 수도 있고. 하지만 더 이상 싸우면 아마도 모든 사람이 죽을 걸세."

금의 노인이 노검객을 노려보며 말했다.

"역시 시류를 아는군. 그 때문에 오늘날 이런 지경을 당한 것이기도 하지만……."

노검객이 차가운 시선으로 금의 노인을 보며 말했다.

"그게 무슨 말이오?"

금의 노인이 노검객의 말속에 자신이 오늘 이런 일을 당한 이유가 있다는 것을 깨닫고 되물었다.

"그 대답 역시 문주께 들으라."

"계속 문주라는 사람을 말하는데 대체 어디 문파의 사람들이오? 대체 당신과 같은 고수를 배출한 문파가 어디요?"

금의 노인이 이제는 궁금해서 못 참겠다는 듯 물었다.

금의 노인에게는 두 가지 궁금증이 있었다.

그 자신을 포함해 용가장의 무인들은 결코 약한 자들이 아니다. 비록 구패에 들지는 못하지만 구패 바로 다음가는 힘을 가진 문파가 용가장이었다.

그런데 이 노검객은 수하들을 크게 쓰지 않고 거의 혼자 용가장의 검객 스물을 베었다.

더군다나 자신이 상대해 본 노인의 무공은 감히 천하십대고수를 언급할 만큼 강력한 것이었다.

대체 이자는 누굴까.

어느 문파에서 온 자일까?

첫 번째 의문이다.

두 번째 의문은 대체 이자가 속한 세력이 왜 용가장을 공격했냐는 것이다.

아무리 생각해도 이런 무서운 검객을 적으로 둔 기억이 없었기 때문이다.

하지만 노검객은 대답을 하는 대신 고개를 돌려 그의 뒤에 늘어선 무사들에게 명했다.

"문주님을 모셔오라."

"옛!"

무사 중 한 명이 대답을 하고는 급히 어둠 속으로 사라졌다.

용가장은 호북에 똬리를 튼 중견 문파다.

검을 자유자재로 쓰는 무인의 숫자가 평소 일백오십에서 이백여 명 정도, 그중 일류고수가 오십을 넘어 무림의 그 누구도 함부로 무시하지 못할 힘을 갖고 있었다.

그러나 용가장이 무림의 존중을 받는 이유는 다른 곳에 있었다.

그들의 무력이 아닌, 웬만한 상가를 능가하는 막대한 금력과 두 문파의 후원이 그것이었다.

무림천하를 지배하는 구패, 삼정사가이파로 구분되는 구패 중, 이파인 만무회와 검산파가 용가장을 후원하는 문파였다.

물론 용가장 역시 그 대가를 이파에 제공했다.

막대한 자금 지원이 바로 그것이었다.

강호의 여러 문파들이 서로를 위해 이런저런 인연을 맺고 있지만, 용가장과 이파의 관계는 특별할 정도로 끈끈했다.

그리고 그 관계는 단순히 자금과 무력의 교환에 기인한 것은 아니었다.

이들 세 문파는 하나의 뿌리를 두고 있었다.

북두산문.

과거 천하제일문으로 군림했던 북두산문이 백초산의 실종으로 몰락하는 과정에서 독립한 문파 중 하나가 용가장이었던 것이다.

용가장을 세운 용두광은 고금제일검 백초산이 세운 천하제일문 북두산문의 재정을 담당하던 인물이었다.

무인으로서도 뛰어난 능력을 가지고 있었지만, 그보다 재물을 다루고 관리하는 면에서의 재능이 더 특출했다.

비록 천하제일인으로 불리는 백초산이 있다고 해도 북두산문이 단숨에 천하를 뒤덮는 세력을 형성한 이유 중 하나는 용두광의 재물을 다루는 노련한 능력 때문이었다.

그렇게 북두산문의 모든 살림을 총괄하던 용두광은 백초산이 실종된 이후 스스로 독립해 용가장을 세웠다.

그리고 채 오 년이 지나지 않아 상계의 대상가를 능가하는 재력을 일궈냈던 것이다.

물론 그것이 단지 그의 재물을 다루는 능력만으로 가능한 일이 아니었다는 것은 누구나 알고 있었다.

백초산이 실종된 이후 몰락하기 시작한 북두산문에서 용두광이 막대한 재물을 빼돌린 것은 누구나 알고 있는 사실이었다.

재물만이 아니었다.

그는 용가장을 세운 이후 백초산 시대 북두산문과 거래했던 강호 거대 상가와의 상거래 역시 자신의 것으로 만들어 거대한 부를 축적했다.

그리고 그 부가 오늘날 용두광의 손자인 가주 용금산까지 이어졌는데, 그가 오늘 한밤중에 때아닌 혈사에 휩싸인 것이다.

"문주께서 오십니다."

한바탕 혈겁이 지나간 자리, 무거운 침묵과 비릿한 혈향이 떠도는 용가장의 장원 앞으로 조심스러운 목소리가 들려왔다.

그러자 사람들의 시선이 일제히 목소리가 들려온 쪽으로 향했다.

특히 장원의 주인 용금산은 누구보다 궁금한 표정으로 시선을 돌렸다.

대체 수십 년간 무림에 군림한 자신을 이렇게 비참한 지경으로 만든 인물이 누구인지 참을 수 없는 호기심이 일어났다.

그런 그의 눈에 백색의 무복을 입은 여인이 보였다.

용금산의 얼굴에 의문이 떠올랐다.

알 수 없는 여인이다.

중년의 나이가 된 것 같기는 한데 전혀 나이를 먹었다는 느낌이 들지 않는 여인이다.

그러나 또한 꽃다운 젊은 나이라는 생각도 들지 않았다.

결론적으로 보자면 나이를 가늠할 수 없는 모습, 아니, 나이를 초월하는 신비한 기운을 지닌 여인이었다.

'어디서 본 것 같기는 한데……'

어둠 속이어서 정확하게 얼굴을 확인할 수는 없었다.

어디선가 본 듯한 느낌이기는 했다.

그럼에도 불구하고 자신의 용가장을 하룻밤 새 몰락시킬 만한 원한을 가지고 있는 사람은 아닌 것 같았다.

그런 사람이라면 그가 기억하지 못할 리 없었다.

사박!

여인의 발걸음 소리가 낙엽 떨어지는 소리처럼 미세하다.

여인이어서 조심스레 걸음을 옮기기 때문이 아니었다. 그녀의 걸음은 빠르고 도도했다.

그럼에도 그녀의 걸음에서 큰 소리가 나지 않은 것은 무공의 깊이 때문이다.

'고수……'

용금산은 자신도 모르게 두려움이 느껴졌다.

단지 걷는 것만으로도, 존재 그 자체만으로도 위압감이 느껴지는 여인이다.

이런 기운은 사람의 무공이 만들어낼 수 있는 최고의 위압감이다.

그런데 한순간 용금산의 얼굴이 썩은 음식을 씹은 것처럼 일그러졌다.

백색 무복의 여인이 그로부터 오 장 안쪽에 들어선 이후다.

이 정도 거리에서는 오늘 뜬 반달의 빛만으로도 여인의 이목구비를 확실하게 알아볼 수 있었다.

"제길……"

용금산의 입에서 자신도 모르게 욕설이 흘러나왔다.

여인의 정체를 알아보는 순간 그는 자신이 오늘 도저히 빠져나갈 수 없는 곤란한 지경에 처했다는 것을 깨달았기 때문이다.

먼 거리에서 어렴풋한 모습의 여인을 알아보지 못한 것은 당연했다.

그녀를 마지막으로 본 것이 이십 년이 넘었기 때문이다.

그럼에도 불구하고 결국은 알아볼 수밖에 없는 얼굴이다.

왜냐하면 그녀가 오늘날 용가장 성세의 뿌리에 있는 여인이기 때문이었다.

사박사박!

여전히 발걸음 소리만큼은 새색시의 그것 같다.

그러나 그 조용한 발걸음 소리가 용금산에겐 차가운 살기로 느껴졌다.

뚝!

어느 순간 여인의 걸음 소리가 멈췄다.

무릎을 꿇고 있는 용금산 이 장 앞에서였다.

"문주님!"

용금산을 제압한 노검객이 여인에게 가볍게 고개를 숙여 보였다.

"수고하셨어요."

"아닙니다. 생각보다 약하더군요."

"금력에 취한 무가(武家)니까요."

여인이 멸시의 기운이 깃든 말을 하며 용금산을 바라봤다. 그러자 용금산이 여인의 시선을 회피했다.

과거에는 외려 그가 여인을 멸시하는 눈초리로 바라봤었다.

"오랜만이에요? 날 알아본 것은 맞죠? 한… 이십몇 년 만인가요?"

여인이 용금산에게 물었다.

"…문주… 소문은 들었소이다. 최근 들어 북두산문이 크게 융성했다는. 그래서 송가장의 빈자리를 채워 구패의 일가가 되었다는… 늦었지만 축하드리오."

용금산이 정중하게 말했다.

"축하라… 정말요?"

"……."

여인의 물음에 용금산이 대답을 하지 못했다.

그의 얼굴에 자신의 처신을 어찌해야 할지 모르는 당혹감이 떠올랐다.

그런 용금산을 보며 여인, 이제는 천하의 패자 중 한 명으로 인정받고 있는 북두산문의 문주 백완이 말했다.

"그대가 한 몇 가지 실수에 대해 알고 있겠죠?"

"그것은……."

용금산이 말꼬리를 흐렸다.

부인하려야 할 수가 없다.

백초산의 가문 북두산문을 배신하고, 그 가문의 금력을 훔치다시피 탈취한 선조의 잘못이야 자신이 한 일이 아니라고 회피할 수 있었다.

하지만 이십여 년 전 칠마의 난 당시 가문의 모든 무인을 이끌고 명예를 회복하기 위해 나선 백완을 그와 만무회, 그리고 검산파 고수들은 어찌 대했던가.

무시를 넘어선 경멸이었다. 공공연히 멸시의 말을 퍼부어댄 것도 부인할 수 없는 사실이었다.

그리고 이후 북두산문이 감히 더 이상은 강호로 나오지 못하도록 만드는 데 일조를 한 것도 분명했다.

물론 만무회와 검산파의 요구에 의한 것이라고 변명할 수도 있지만, 그렇다고 당시 그가 백완에게 보냈던 그 경멸과 탐욕의 눈빛은 결코 부인할 수 없었다.

"용가장… 이 가문이 어떻게 세워졌는지도 알고 있겠죠?"

"그건, 그건 저와 상관없는 일입니다. 조부님 대에 있었던 일이니……."

용금산이 얼른 부인했다.

그러자 백완이 고개를 끄떡였다.

"맞아요. 그건 당신이 어쩔 수 없는 일이었지요. 당신이 태어나기도 전에 일어난 일이니까. 하지만 당신이 입고 있는 그 화려한 금의, 당신이 살고 있는 이 아름다운 장원, 또한 당신이 누린 그 모든 강호의 명예들이 바로 당신의 조부로 인해 시작된 거지요. 그리고 당신의 조부는 그것들을 나의 북두산문에서 훔쳐낸 것이고… 당신의 잘못이 없다는 것을 주장하려면, 그것들을 나의 북두산문이 회수해 가는 것 역시 정당하다는 것을 인정해야 할 거예요."

"……"

용금산이 아무런 말도 하지 못했다.

백완의 말이 틀리지 않기 때문이었다. 하지만 지금 이 모든 것을 빼앗기면 그는 강호에서 아무것도 아닌 존재로 전락할 수밖에 없었다.

지금까지 그의 후견인 노릇을 했던 만무회와 검산파 역시 모든 재산을 잃은 그에게 절대 호의를 베풀지 않을 것이다.

강호란 곳은 매정해서 주고받을 것이 없으면 인연도 끝나는 법이었다.

"부디 자비를……."

겨우 할 수 있는 말은 이 정도였다.

무력으로는 이미 패배했다.

또한 북두산문이라면 만무회와 검산파를 들어 협박할 수도 없었다.

지난 몇 년 사이 북두산문이 만무회나 검산파를 능가하는 문파로 성장한 것을 누구보다 잘 알고 있기 때문이었다.

오히려 지금은 두 문파가 북두산문의 눈치를 보고 있다는 평이 파다했다.

"어떤 자비를 원하죠?"

"…부디 용가장의 명맥은 이어갈 수 있게……."

"좋아요. 그렇게 하죠. 더 이상 사람이 죽는 일은 없을 거예요. 대신 그대는 그대의 가솔들을 데리고 내일 정오까지 이 장원을 비워요. 또한 그 이 장원에서 그 무엇도 가져갈 수 없어요. 당장 입을 옷 몇 벌, 당장 먹고살 수 있는 금자 오십 냥! 그 이외의 것은 허락하지 않겠어요. 왜 금자 오십 냥인지 아시나요?"

"……."

용금산은 백완의 질문에 대답하지 못했다.

그러자 백완이 다시 입을 열었다.

"그대의 조부, 용두광이 처음 천하제일가에 왔을 때 가지고 있던 전 재산이 금자 열 냥이었어요. 그는 늘 자랑했다지요? 금자 열 냥을 가지고 백초산을 만나 수만 냥 금자의 주인이 되었다고. 자신이 시류를 아는 준걸이라고 말이죠. 백 년이 지났으니 금자 열 냥의 다섯 배인 금자 오십 냥을 돌려 드리죠. 손해나는 장사는 아니죠?"

"하지만 그것으로 어찌 이 많은 식솔을……."

"용두광이 처음 본 문에 올 때는 마의를 입고 왔다죠?"

지금 같은 화려한 생활을 할 생각은 말라는 의미다.

"하지만 사람의 숫자가……."

"그 역시 마찬가지예요. 그는 홀몸으로 본 가에 왔죠. 그러니 당신은 당신의 혈육만 데리고 가세요. 그럼 겨우 십여 명 안팎, 금자 오십 냥이면 어딜 가서든 충분히 살 수 있는 정도죠."

"용가장을… 아예 해체해 버리겠다는 뜻이군요."

"아니면 잿더미로 만들 수도 있지요."

"하아… 참으로 독하시군요."

용금산이 탄식을 흘렸다.

"독해요? 백 년간 당신들의 그 모진 멸시를 견딘 사람에게 할 말인가요?"

"그건……."

"아니면 만무회나 검산파를 찾아가 보는 것도 한 방법이겠군요. 그들이라면 지금까지의 인연이 있으니 한자리 내어주지 않을까요?"

백완이 차갑게 말했다.

"후우… 난들 그들을 모르겠습니까? 그들은 인정으로 사람을 받아들일 사람들이 아니지요. 아무튼 알겠습니다. 가문이 몰락해도 처자식을 죽일 수는 없으니. 다만 한 가지 후회가 된다면……."

"……."

백완이 침묵으로 용금산의 말을 기다렸다.

그가 뭘 후회하는지 듣고 싶은 생각이 있는 모양이었다.

"한 가지 후회라면… 북두산문이 재기를 시작했다는 소식을 들었을 때, 그때 문주를 찾아뵈었어야 하는 것인데……."

"역시 시류를 아시는군요. 맞아요. 그때 날 찾아왔다면 과거 선조들의 잘못 정도는 용서했을 수도 있을 거예요. 그때만 해도 그대의 재력이 본 문에 큰 도움이 되었을 테니까요. 하지만 이젠 그렇지가 않군요."

"그렇군요. 재물을 다루는 나의 재주 역시 이젠 신뢰받지 못할 것이고. 허허! 내가 그래도 나름대로 시류를 읽는 준걸이라 자처했건만, 북두산문에 대해서만은 실수를 했군요. 그리고 그 실수의 대가가 너무……."

용금산이 때를 놓친 것이 안타까운지 미처 말을 끝내지 못하고 길게 한숨을 쉬었다.

"우린 이제 돌아가겠어요. 내일 정오에 다시 오죠."

백완이 말을 하고는 용가장을 굴복시킨 노검객을 바라봤다.

"알겠습니다. 모두 오 리 밖으로 물러난다. 숲에서 밤을 보내고 내일 정오에 다시 온다."

"예, 검왕!"

북두산문의 무인들이 일제히 대답을 한 후 어둠 속으로 물러났다.

"문주님, 가시지요."

노검객이 백완을 보며 말했다.

"그러죠. 아무튼 검왕께서 고생하셨어요."

"하하하, 고생은요. 오랜만에 힘을 썼더니 외려 몸이 상쾌하군요."

"그렇다면 다행이에요. 오래 제 곁에 계셔야 해요."

"그래야지요. 늘그막에 선조의 유업을 잇게 되었으니 이 또한 복인데 감사한 마음으로 문주님 곁을 지키겠습니다."

"고마워요."

"가시죠."

노검객이 백완을 호위하며 용가장의 장원에서 멀어지기 시작했다.

그러자 용금산이 급히 물었다.

"노사의 존명은 어찌 되시오?"

용금산의 물음에 백완의 뒤에서 걸음을 옮기던 노검객이 고개를 돌려 용금산을 보며 대답했다.

"그래도 무인의 기백은 남아 있군. 자신을 꺾은 자의 이름 정도는 알아두려는 것 보니. 난 전광이라 한다."

노검객이 대답을 하고는 앞서간 백완을 급하게 따라붙었다.

"하아… 정말 북두산문이 복원이 되었구나. 저 검귀(劍鬼)가 북두산문에 들어갔다니. 이파에서 그토록 초청해도 응하지 않더니."

용금산이 나직하게 탄식했다.

검객 전광, 기이한 자다.

보이는 모습이 그런 것이 아니라 강호의 평판이 그랬다.

기이한 검객, 검의 구도자.

권력을 탐하지도 않고, 재물에 대한 욕심도 없다. 있는 것이라고는 오로지 검에 대한 추구.

백 번의 비무행이 있었다고 했던가.

그 비무행을 통해 그의 검의 경지가 어디까지 도달했는지가 호사가들에겐 큰 관심사이기도 했다.

물론 확인해 보지 않아도 그가 상대했던 비무자들을 생각하면 그의 검공이 절정을 넘어 절대의 경지를 보고 있다는 것은 자명했다.

더 특이한 것은 그의 비무행에서 그나 상대나 단 한 번의 피도 보지 않았다는 것. 그럼에도 그의 비무행은 강호의 전설 한 귀퉁이를 차지했다.

물론 그의 존재감이 구패 시대 천하의 패자들에 견줄 바는 아니었다.

그는 결국 한 명의 검객일 뿐이었다. 그래서 그를 자파로 끌어 들이려는 명문대파들의 노력도 치열했다.

구패 중에서도 검산파가 특히 그에게 공을 들였다.

자칭 검객들의 본산을 자처하는 검산파였기에 검객 전광에 대한 욕심은 컸다.

물론 만무회도 그를 욕심냈다.

만무회나 검산파 모두 뿌리가 깊지 않은 문파들이어서 강호에 한 자락 전설적 이야기를 남긴 검객은 천금을 주고라도 데려오고 싶은 인물이었다.

그러나 검객 전광은 두 거대 문파의 초대에 응하지 않고 백여 번의 비무행을 끝으로 무림에서 은거했다.

그리고 오랜 동안 활동을 하지 않았다.

그의 이름은 잊혀갔고, 그의 비무행도 작은 전설에서 잊힌 풍문으로 변해가고 있었다.

그런데 그런 그가 북두산문의 검객으로 나타난 것이다.

강호인들이 알면 놀라지 않을 수 없는 일이다.

검의 구도자이자 은거고수로 유명한 검객 전광의 평판으로는 예상할 수 없는 행보였다.

더군다나 그는 자신보다 한참이나 어린 문주 백완의 가신처럼 행동하고 있었다.

"몸을 아끼세요."

숲에 마련된 숙영지로 돌아온 백완이 검객 전광을 보며 말했다.

"별로 힘든 일도 아니었습니다."

전광이 가볍게 미소를 지었다.

"그래도 용가장주 이외의 자들은 다른 사람들에게 맡겨도 되었어요."

"하하하, 이 늙은이를 걱정해 주시는 것은 고맙습니다만 아직은 나이를 걱정할 때가 아닙니다. 더군다나… 본 문의 세력은 아직 구패에 비해선 부족하니 사람을 아껴야지요. 한 사람이라도 다치면 안 됩니다. 할 수 있다면 차라리 저 혼자 처리하는 것이 좋습니다."

"후우… 제게 네 분의 사왕 어른은 절대 없어서는 안 되는 분들이에요. 그러니 몸을 아끼세요."

"알겠습니다. 알겠습니다. 앞으로는 그러지요. 아무튼 오늘 일은 잘 끝난 것 같습니다. 용가장을 굴복시켰으니 백가산 대공사에 투입되는 재정은 어느 정도 해결이 될 것 같습니다."

"그렇지요. 그리고 아직도 북두산문의 부활을 믿지 못하는 자들에게 경계가 되겠지요. 배신자의 후예들은 스스로 찾아오지 않을 수 없을 겁니다."

"그럼 남는 것은 결국 만무회와 검산파가 되겠군요."

전광이 얼굴을 굳히며 말했다.

두 문파는 거론하는 것만으로도 경계심이 일어나는 곳이다.

"때가 되면 그들도 스스로 절 찾아오게 될 겁니다."

"물론입니다. 당연히 그리되어야지요."

전광이 굳은 표정으로 고개를 끄떡였다.

그런데 그때였다.

숙영지의 경계를 서던 북두산문 무인의 날카로운 목소리가
들렸다.

"누구냐?"

경비 무사의 목소리가 들리자 백완과 전광이 소리가 난 쪽을
바라봤다.

그러자 그들의 눈에 어둠 속 우두커니 서 있는 키 작은 괴인
한 명이 보였다.

북두산문의 다른 모든 무인들은 어둠 속에 서 있는 괴인의 정
체를 알지 못해 바짝 경계했지만, 백완만큼은 단번에 그의 정체
를 알아봤다.

그녀가 자신도 모르게 앞으로 걸음을 내디뎠다.

그러면서 나직하게 중얼거렸다.

"불사 대협이 왜 이곳에……?"

제5장
재회

나왕은 의도적으로 심장을 차갑게 식혔다.

한때 천하제일미 소리까지 들었던 백완이다. 또한 자신과는 혼인의 약속까지 있었다.

물론 송가장의 배신에 의한 반발심으로 백완에게 북두산무의 기보를 가져다주고 요구한 혼인이었지만, 어쨌거나 두 사람은 한 때 혼인을 약속하기는 했었다.

북두산문이 만무회와 검산파에 의해 소실되면서 나왕은 함정 에 빠지고 백완은 종적을 감춰 그 약속도 허무하게 끝났지만, 이 후에도 몇 번 작지 않은 인연을 맺은 두 사람이다.

더군다나 지금은 떠났지만, 개봉 인근의 십이천문 장원은 백 완이 십이천문에 선물한 것이기도 했다.

당연히 나왕의 마음속에 그녀에 대한 감정의 잔재가 없을 수 없었다.

그러나 지금은 냉정할 때였다.

천하에서 가장 강한 자 둘, 그리고 그 둘이 움직이는 천하의 가장 강한 세력들 사이에서 살아남아야 하기 때문이었다.

그 생존 싸움을 위해 제자 적월은 마도(魔道)의 한가운데 들어가 있다.

냉정하지 않을 수 없는 현실이었다.

"오랜만이오, 문주!"

나왕이 숙영지 밖까지 걸어 나온 백완에게 정중하게 포권을 해 보였다.

"대협께서 여긴 어떻게……?"

백완이 의아한 표정으로 물었다.

그녀의 표정 깊은 곳에 반가움이 숨어 있는 것을 어둠 속이라 나왕은 보지 못했다.

"백가산으로 뵈러 가려 했지만, 문주께서 외부에 나와 계시다기에 이리로 왔소이다."

"본 문의 행보는 철저히 비밀에 붙였는데……."

백완이 불쾌하기보다는 자신의 행보를 알아낸 나왕의 능력이 놀랍다는 표정으로 말했다.

"개방의 도움을 받았고, 또……."

나왕이 고개를 자신이 걸어 나온 숲 쪽으로 돌렸다.

그러자 작은 체구의 노인, 자왕 사송이 실실거리며 모습을 드러냈다.

"아이고, 문주님. 오랜만입니다. 여기 볼품없는 사람도 왔소이다."

"자왕이시군요. 그러면야……."

백완이 이해가 간다는 듯 고개를 끄떡였다.

일단 자왕 사송이 강호에 나오면 북두산문처럼 큰 문파의 움직임을 파악하는 것은 식은 죽 먹기다.

하지만 여전히 궁금한 것이 있다.

왜 자신을 찾아왔느냐는 것이었다. 반가움과는 별개의 문제다.

"자왕까지 나서신 것은 제게 꼭 할 말이 있다는 의미겠군요."

백완이 불사 나왕을 보며 말했다.

"그렇소이다. 시간을 내주시겠소?"

"당연하죠. 여기까지 찾아오셨는데 어찌 시간을 내드리지 않을 수 있겠어요. 더군다나… 내일 정오까지는 할 일도 없군요."

백완이 대답했다.

"고맙소."

"고맙긴요. 제가 십이천문에 지고 있는 빚에 비하면 아무것도 아니지요. 오세요."

반달이 뜬 밤의 숲에 흰 천막이 세워졌다.

동서북 세 방향은 막혔고, 남쪽은 열린 천막이다.

남쪽으로 열린 천막 앞에는 작은 모닥불이 타올라 그 열기가 천막 안까지 전해졌다.

나왕과 사송은 급히 세워진 천막으로 초대됐다.

"그런데 용가장은 왜……?"

자리에 앉자마자 자왕 사송이 물었다.

북두산문이 갑자기 강호로 나와 용가장을 공격한 이유가 내내 궁금했던 모양이었다.

"용가장의 부(富)는 본래 본 문의 것이죠. 용가장을 세운 용두광은 북두산문의 재정을 총괄하는 자였어요. 그런데 조부님이 실종되고 본 문이 쇠락할 기운이 보이자 가문의 부와 강호에 얽혀 있는 상계의 거래처들을 모두 자신의 것으로 만들었죠. 용가장은 그렇게 큰 가문이에요."

"아, 그래서 이렇게 막대한 부를⋯ 무가치고는 지나치게 재물에 집착한다고 생각했는데⋯⋯."

사송이 고개를 끄떡였다.

"마침 백가산 장원을 재건하는 데 큰 재물이 필요하기도 하고. 맡겨놓았던 북두산문의 재물을 돌려받으려는데 말을 듣지 않더군요."

백완이 당연히 받아야 할 것이고, 해야 할 일을 했다는 표정으로 말했다.

역시 북두산문의 일에 있어서는 냉혹할 만큼 차가운 백완이다.

어둠 속에서 싸움을 지켜본 나왕은 하지만 흘린 피가 너무 많지 않냐고 물으려다가 입을 닫았다.

백완의 도도한 성정을 잘 알기 때문이었다.

이미 끝난 일을 가지고 그녀의 심기를 불편하게 만들고 싶지 않았다.

오늘 하고자 하는 일을 위해서는 특히 그랬다.

"그런데 정말 어쩐 일이시죠?"

백완이 정색을 하며 나왕에게 물었다.

"한 가지 제안할 것이 있어서 이렇게 불쑥 찾아오게 되었소이다."

나왕이 심각한 표정으로 대답했다.

"제안이시라면……?"

"작은 모임을 하나 만들었으면 하오만……."

"모임이요?"

백완이 뜻밖이라는 듯 나왕을 보며 되물었다.

본래 나왕은 사람들과의 교류를 즐기지 않는 성정을 가진 사람임을 알고 있는 백완이다.

그것이 추레한 외모에 대한 열등감에서 시작되었든, 자신의 강력한 무공에 대한 도도함이 이유든, 어쨌든 나왕은 과거부터 무림맹 신응조의 일원으로 칠마와 맞서던 때를 제외하면 대중 앞에 나서는 것을 극히 꺼려했다.

송가장에 머물 때도 그의 행사는 은밀했고, 송가장을 나와 십이천문을 만든 이후에도 그의 행적은 세상에 드러나는 경우가 많지 않았다.

더군다나 최근 몇 달간은 그의 행보가 전혀 세상에 알려지지 않고 있었다.

그런데 갑자기 찾아와 모임을 만들겠다니 의아한 일이 아닐 수 없었다.

"좀 갑작스럽기는 해도… 북두산문도 이 모임에 함께해 주셨으면 하오."

나왕은 진지했다.

물론 농담이라고는 할 줄 모르는 성정이지만, 이때만큼은 다른 그 어느 때보다도 진지했다.

그래서 백완도 나왕의 말을 허투루 넘길 수 없었다.

"이유를 물어도 될까요?"

어떤 일이건 자신과 어울리지 않는 일을 하려는 나왕에게 특별한 이유가 있을 것이 분명했다.

"물론이오. 비록 가벼운 모임이라지만 위험할 수도 있는 일이니 이유를 말해 드리는 것은 당연하오."

'절대 가볍지 않은 모임이리라.'

백완이 짐작했다.

나왕은 백완에게 주위를 물려줄 것을 부탁했다.

백완이 눈짓으로 주변 북두산문의 고수들을 물러나게 한 후 나왕의 이야기를 들을 준비를 했다.

*   *   *

"그녀를 믿을 수 있겠소?"

처음 백완을 자신들의 모임에 끌어들이겠다고 했을 때 자왕 사송은 반대했다.

백완에 대한 신뢰가 없었던 것이다.

물론 백완이라는 여인이 교활하거나 배신을 밥 먹듯 하는 인물이라는 뜻은 아니었다.

다만 그녀는 북두산문의 재건을 위해서는 뭐든 할 수 있는 여인이기 때문이었다.

더군다나 지금은 무림맹 구패의 위치에 있는 가문. 그 가문을 천하제일가로 만들기 위해서 십이천문에 언제든 등을 돌릴 수 있는 차가운 성정을 가진 여인이었다.

그래서 그녀에게 절대삼천에 대한 이야기를 하는 것이 자왕 사송은 탐탁지 않았다.

그러나 불사 나왕은 단호했다.

"그녀는 배신하지 않을 거요."

"왜 그렇게 확신하시오?"

"무림의 비정함을 아니까. 그리고… 북두산문이 천하제일가가 되길 원하니까."

"그게 무슨 상관이오?"

사송은 나왕의 논리를 이해할 수 없었다.

그때 나왕은 이렇게 설명했다.

"첫째, 비록 지난 몇 년간의 부단한 노력으로 북두산문이 구패의 일원이 되었지만, 실질적으로는 지금도 기존의 구패들이 북두산문을 자신들과 동등한 위치로 인정하고 있지는 않소. 그들에게는 몰락한 송가장을 대신할 누군가가 급히 필요했을 뿐이오. 이런 상황에서 정사대전이 벌어지고 누군가가 희생해야 할 시간이 오면 그들은 분명 북두산문을 가장 먼저 버릴 것이오. 그걸 모를 리 없는 그녀요. 분명 그녀 자신도 구패가 모르는 힘이 필요하다고 느끼고 있을 거요."

"음… 그렇구려."

사송도 불사 나왕의 첫 번째 이유에 대해 수긍했다.

"두 번째 이유는 그녀에게는 북두산문을 천하제일가로 만들려는 욕망이 가득하다는 것이오. 그래서 만약 절대삼천에 대한 이야기를 듣는다면 그녀의 호승심이 불타오를 것이오. 그들을 북두산문의 이름으로 제압한다면, 북두산문은 그 순간 천하제일가가 될 것이기 때문이오."

"그 모든 영광을 북두산문에 주겠다는 뜻이오?"

사송이 아쉬운 표정으로 물었다.

그 역시 자신들 십이천문이 무림의 거대한 음모자들을 제거한 주역이라는 명예가 조금은 탐나기 때문이었다.

"십이천문이… 강호 모든 무인들의 주목을 받으며 살기를 원하오?"

"그… 건……."

나왕의 반문에 사송은 대답을 하지 못했다.

왜냐하면 과거 십이지방이나 지금의 십이천문이나 모두 무림의 복잡한 인연에서 벗어나, 조용한 소요의 삶을 원하는 사람들이 만든 문파기 때문이었다.

물론 현재의 십이천문은 과거 혈월야의 혈원을 풀어내야 한다는 현실적인 목표가 있기는 했다.

그러나 그럼에도 불구하고 이들은 사람들의 관심을 크게 즐기지 않는 사람들이었다.

그런데 만약 절대삼천을 십이천문이 제거했다는 것이 알려지면 그들은 평생 사람들의 관심 속에 살아가야 할 것이다.

"솔직히 우리에겐 절대삼천의 잔혹한 놀이에서 강호를 구원한 영광을 대신 누릴 문파가 필요하오. 그래야 십이천문이 자유로울 수 있소. 그런 면에서 북두산문은 아주 적당한 문파요."

"후우… 알겠소이다. 북두산문주는 그 명예를 절실히 원할 사람이니까. 반드시 이 제안을 수락하겠구려. 그리고 절대 배신하지 않고 모든 것을 걸 것이고. 그녀는 모험을 좋아하니까. 그런데……."

나왕의 계획에 수긍하면서 사송이 한 가지를 더 물었다.

"문제가 되는 게 더 있소?"

나왕이 되물었을 때 사송은 이렇게 물었다.

"불사께서는 괜찮겠소? 그녀와 함께 일하는 것이……."

사송은 눈치가 빠른 자다.

그는 비록 계약으로 맺어졌던 관계지만 나왕과 백완의 관계가 시간이 흐르면서 조금 미묘하게 변했음을 느끼고 있었던 것이다.

"어차피… 장난삼아 시작했던 일이오. 신경 쓰지 마시구려."

사송의 질문에 나왕은 자신의 감정을 부인했다.

백완에게 백초산의 신패를 가져가 혼인을 요구한 것은 다만 송가장의 배신에 대한 반발심으로 했던 치기 어린 행동이라 변명하면서, 그녀에게 어떤 사심도 없다고 말한 것이다.

물론 사송은 나왕의 말을 반박하지 않았다.

그러나 나왕도 사송도 알고 있었다.

나왕의 마음속에서 백완이라는 여인이 그리 단순한 여인만은 아니라는 것을.

*　　　　*　　　　*

"어떻게 그런 일이……?"

백완이 믿을 수 없다는 듯 나왕을 바라봤다.

나왕이 그녀에게 절대삼천이 과거에 했고, 지금 하고 있는 일에 대해 이야기하고 난 후의 반응이었다.

당연한 반응이었다.

쉽게 믿을 수 있는 일이 아니었다.

어떻게 단 세 명이 수천 명이 죽어나간 무림대란을 일으킬 수 있단 말인가. 그것도 단지 자신들의 즐거움을 위한 놀이로서.

아무리 특이한 성정을 지닌 자들이라고 해도 절대 시도할 수 없는 일이다.

무림 역사에 천인공노할 마인이 등장한 적은 여럿 있지만, 그들조차도 이렇게 많은 피를 강호에 뿌리면서 자신들의 즐거움을 찾지는 않았다.

이 일이 사실이라면 그들은 스스로 절대자를 가장한 악마나 다름없었다.

"분명한 사실이오."

자왕 사송이 놀라는 백완에게 나왕의 말이 사실임을 확인시켜 주었다.

믿을 수 없는 이야기지만 또한 믿지 않을 수도 없었다.

말하는 사람이 불사 나왕, 그리고 자왕 사송이기 때문이다.

이들은 자신들의 이득을 위해 거짓을 꾸며낼 자들이 아니다.

특히 백완 자신에게는…….

"그럼 지금 진행되는 정사대전 역시……."

백완이 나왕에게 물었다.

"맞소. 그들이 새로운 놀이를 시작한 것이오."

"하아… 어떻게 그런 악독한 짓을……"

"문제는 그들이 자신들이 하는 일을 악독하다 생각지 않는다는 것이오. 스스로 하늘을 자처하는 자들이어서 그냥 자신들은 재미로 이런 일을 벌여도 괜찮은 존재라고 느끼는 것 같소."

"미친 자들이군요."

"정상인의 눈으로 보면 그렇소."

나왕이 고개를 끄떡였다.

"그들이 무림맹과 마맹을 움직인다는 거죠?"

백완이 확인하듯 물었다.

"그렇소. 물론 밀천이라는 존재는 또 다른 방식으로 이 싸움을 즐기지만."

나왕이 대답했다.

"그래서 그들을 대적하기 위한 무림 조직을 만들려는 거군요. 새로운 조직을 만들어 그들이 움직이는 마맹과 무림맹을 상대하려고……"

백완이 약간이나마 두려움을 가진 표정으로 물었다.

"글쎄… 그들을 대적하는 일은 그리 간단한 일이 아니오. 솔직히 내가 만들려는 모임 역시 그들이 움직이는 마맹과 무림맹을 상대하는 것은 어렵소. 아니, 불가능할 거요. 전력으로 보자면……"

"그럼 왜……?"

"생존… 그게 목적이오."

"생존이요?"

"그렇소. 무림맹과 마맹을 대적해 승리를 거둘 수 있는 조직이 아니라 적어도 그들로부터 독자적으로 생존할 수 있는 문파들의 모임, 그걸 만들려는 것이오."

나왕이 말했다.

"하지만 결국에는 그들과 충돌할 수밖에 없잖아요. 마맹이나 무림맹이나 자신들 이외의 세력이 강호를 삼분하는 것을 지켜보고 있지는 않을 텐데요. 아니, 그들보다 그 삼천이란 자들이 과연 이 모임의 탄생을 두고 보겠어요?"

백완이 회의적으로 물었다.

새로운 세력이 강호에 등장하는 것은 수많은 피가 필요한 일이다.

기존 세력들의 반발과 공격을 견뎌내야 하기 때문이다.

모임을 결성하려다가 전멸할 수도 있었다.

"그래서 일단 은밀하게 모임을 결성하려는 것이오. 겉으로 드러날 수 없는 조직일 것이고. 물론… 마지막 순간에는 그 힘을 보일 수도 있겠지만. 일단 서로가 알게 된 소식들을 교환하고, 특별한 경우 어둠 속에서 서로를 돕는 정도요."

"하지만 그 정도로는……."

"그렇게 결속을 다지고 생존해 가는 와중에… 우린 그들을 사냥할 거요."

나왕의 말에 백완이 다시 놀랐다.

"사냥이요? 설마 절대삼천을요?"

"그렇소."

"하지만… 아니, 우리라고 말했는데 그 우리가 누구죠?"

백완이 설마 자신까지 포함해서 말하는 것이냐는 듯 물었다.

"본 문을 말하는 것이오."

"십이천문이요?"

"그렇소. 물론 문주께서도 합류하시겠다면 환영이지만, 북두산문 전체가 움직일 수는 없소. 그들의 눈이 북두산문에도 있을 테니. 사실 오늘 이렇게 불쑥 문주를 찾아온 것도 그들의 눈을 피하기 위함이오. 다른 때라면 이런 무례를 범하지는 않았을 것이오. 하지만 백가산 북두산문으로 찾아가는 것은 우리에겐 너무 위험한 일이었소."

그러자 백완이 천천히 고개를 끄떡이다가 물었다.

"그런데 십이천문이 그 일을 단독으로 할 수 있나요? 물론 만약 불사께서 원하시는 대로 새로운 모임이 만들어지면 음지에서 십이천문을 도울 수 있겠지만……."

냉정하게 보면 절대 불가능한 일이다.

백완이 아는 십이천무의 무도는 십여 명 남짓. 그 인원으로 무림맹과 마맹을 움직이는 절대삼천을 어떻게 상대한다는 것인가.

"무림맹과 마맹을 상대로 싸운다면 불가능한 일이오. 하지만 절대삼천 개인과의 싸움이라면 해볼 만한 싸움이외다. 어차피 그들도 사람이고, 한 명의 무인 아니겠소?"

나왕이 말했다.

"하지만 그건 그들을 거대한 세력으로부터 분리해 낼 수 있을 때나 가능한 일이지요."

백완이 부정적으로 말했다.

그들을 둘러싼 거대한 세력으로부터 어떻게 분리해 낸단 말
인가.

"다행히 그들은 자신들의 움직이는 세력에게조차도 자신들의
정체를 숨기고 있소. 다시 말해 그들 스스로 약간의 고립을 자
처하고 있다는 뜻이오. 그 말은 그들에게 어떤 일이 생겨도 최
측근 몇 명 말고는 달려올 사람이 없다는 뜻이오. 만약 정천이
란 자에게 일이 생겼을 때, 그의 정체를 모르고 있다면 구패 중
누가 구하러 오겠소?"

나왕이 물었다.

그러자 백완이 잠시 생각에 잠겼다가 고개를 끄떡였다.

"그렇군요. 스스로 정체를 감추고 사는 것이 그들에게 의외의
약점이 되겠군요. 하지만 그럼에도 그들의 가진 힘은 십이천문
에 비하면……."

아무리 자신을 감추고 살아도 수족이라 불리는 자들의 숫자
가 적지 않을 것이다.

더불어 스스로를 하늘이라 부르는 자들이라면 무공의 강력함
을 말할 필요가 없다.

아마도 천하제일인을 다툴 실력들일 것이다.

"물론 쉬운 싸움은 아니오. 하지만 우리에게도 몇 가지 유리
한 점은 있소."

"어떤 거죠?"

백완이 물었다.

그러자 이것만큼은 나왕도 쉽게 입을 열지 못했다.

나왕이 망설이자 백완이 차분하게 말했다.

"제가 이 싸움에 뛰어들길 원하신다면 두 가지 조건이 있어요. 하나는 당연히 우리 북두산문에 도움이 되어야 하는 일이고, 둘째, 불사께서 절 신뢰하셔야 하지요."

그러자 나왕이 가볍게 한숨을 쉬며 말했다.

"물론 말하지 않을 생각은 아니오. 하지만… 문주께서 내 말을 믿어줄지 그게 걱정이구려."

"천하의 불사 대협을 안 믿으면 누굴 믿나요?"

백완이 희미하게 미소를 지었다.

"그래도 워낙 엄청난 일이라……."

"어떤 일이기에 불사 대협조차도 이리 망설이시는지 정말 궁금하군요."

백완이 정말 호기심이 강하게 일어나는 표정으로 말했다.

그러자 나왕이 다시 숨을 고른 후 입을 열었다.

"일단 우린 그들 세 사람의 정체를 정확하게 알고 있소."

"정말요? 그들이 누군지 알고 계시다고요?"

백완은 나왕이 절대삼천 이름을 입에 올리지 않았기에 나왕도 그들의 정확한 정체는 모른다고 생각하고 있었다.

그런데 나왕은 그들의 정체를 알고 있는 것이다.

"알고 있소. 그래서 그들의 세력이 아닌 그들 자신들과 싸울수 있다고 말한 것이오. 그리고… 솔직히 말하자면 그중 한 명은 우리 수중에 있소."

"아……!"

백완이 예상보다 훨씬 충격적인 말에 대구를 하지 못하고 나직하게 탄성을 흘렸다.

그런 백완에게 나왕이 다시 말을 이었다.

"하지만 그 한 명을 제압한 것은 정말 우연처럼 운이 겹쳤기 때문이오. 다른 두 사람은 그자처럼 쉽게 제압할 수 없을 것이오. 그래서 조력자가 필요한 것이오."

"대체 그들이 누구죠? 그리고 누굴 사로잡은 건가요?"

백완이 자연스럽게 나왕의 앞으로 바싹 다가들며 물었다.

그런 백완의 접근이 조금 부담스러웠지만 나왕 역시 움직이지 않고 대답했다.

"손에 넣은 사람은 마천이오. 마천의 정체는 혼마 창이오."

"혼마 창! 설마 마맹의 맹주를요? 아니, 그가 정말 마천이었어요?"

백완이 경악스러운 눈으로 나왕을 바라봤다.

"그렇소이다. 혼마 창은 칠마의 난 당시에도 무림대전에 직접적으로 모습을 드러내지 않았었소. 하지만 당시에도 칠마, 십육마문의 모든 행보는 그의 머리에서 나온다는 말이 있었소."

"그렇긴 하지요. 하아… 하지만 그가 마천이라니. 사실 정파에는 가장 무서운 적이었지만, 마도 내에선 그나마 인간다운 면이 있는 인물로 알려졌잖아요."

"웃는 얼굴 뒤에 칼을 숨긴 자들이 천하에 널리고 널리지 않았소?"

자왕 사송이 두 사람의 대화에 끼어들었다.

"그렇기는 하지만 그래도 너무 놀라운 일이군요. 그런데 그를 어떻게 사로잡았나요?"

백완이 이제는 절대 놓칠 수 없는 이야기를 들었다는 듯 대화의 끈을 계속해서 당겨댔다.

"좋은 미끼를 얻어 작은 함정을 마련했는데, 그가 그 함정으로 걸어 들어왔소. 지금 생각해 보면 천운이 있었던 것 같소."

"어떤 함정이죠?"

백완의 질문이 이어졌다.

그녀는 이 일의 모든 전말을 알아야겠다는 표정이었다.

"후우… 모든 것을 이야기하려면 이 밤을 새워야 할 것이오. 문주께서는 하실 일도 있으시고……."

나왕이 말했다.

그러자 백완이 고개를 저었다.

"아뇨. 용가장의 일은 이 일에 비하면 조족지혈이죠. 또한 제가 아니어도 그 일을 해줄 사람은 많고요."

백완은 이야기를 대충 들을 생각이 없는 모양이었다.

평소의 백완다운 완고함이다.

"알겠소. 그럼 시간에 구애받지 않고 모든 걸 말해주겠소. 하지만 그 이후에는……."

나왕이 말꼬리를 흐렸다.

그러자 백완이 차가운 얼굴에 가볍게 미소를 띠었다.

"걱정 마세요. 설마 그 모든 이야기를 듣고 제가 이 일에서 발을 빼겠어요? 더군다나 상대가 불사 대협이신데요. 전 솔직히 불사 대협을 적으로 돌릴 배짱은 없어요."

백완은 농담처럼 말했지만, 불사 나왕을 아는 사람은 그를 적으로 돌리는 것이 얼마나 위험한 일인지 누구나 명확하게 알고 있었다.

"그럼요, 그럼요. 이 일이 잘 끝나면 북두산문은 천하제일문이 될 것인데 당연히 문주께서 참여하셔야지요."

농담은 농담으로 받는다.

사송이 희죽 미소를 지으며 말했다.

"그 말은 또 무슨 말씀이시죠?"

백완이 무슨 엉뚱한 소리냐는 듯 사송에게 물었다.

"뭐, 일이 잘 끝나 절대삼천의 악행이 천하에 드러나고, 그들의 악행을 어렵게 막아낸 것을 알면 세상은 당연히 누가 그 일을 해냈는지 궁금해할 것 아니오. 그럼 당연히 북두산문의 이름이 가장 앞에 오르지 않겠소?"

"설마요. 모두 십이천문이 한 일인데……."

"에이, 우린 세상에 우리 이름이 오르내리는 것을 원치 않소. 애초에 태생이 그런 사람들이 아니지 않소이까."

사송이 손사래를 치며 말했다.

순간 백완의 눈이 가늘어졌다.

"설마… 그 말씀은 제게 하는 제안 중에 하나인가요? 우리 북두산문이 절대삼천이란 자들과의 싸움에 앞장서라는……."

"아니오."

불사 나왕이 즉시 고개를 저었다.

"그럼……?"

"이미 말했지만 싸움은 우리가 할 것이오. 북두산문은 일이 끝난 후에 앞에 서주면 되오."

"그 말은 모든 과실을 북두산문이 얻어도 된다는 뜻인가요? 그럼 십이천문에는 뭐가 남죠?"

백완의 의아한 표정으로 물었다.

그러자 나왕이 주저하지 않고 대답했다.

"살아남는 것, 그리고 세상의 번잡함에서 벗어나 우리만의 작은 즐거움을 누리며 사는 것… 문주께는 그러한 일들이 가치 없는 것처럼 보일지 모르지만, 어떤 사람들에게는 천하의 패권과도 바꿀 수 없는 소중한 것들이라오."

나왕의 말에 백완의 표정이 살짝 어두워졌다.

"제 행보를 비난하시는 건가요?"

지난 몇 년간 백완은 북두산문의 부활을 위해 냉혹한 강호행을 이어오고 있었다.

덕분에 많은 것을 얻었고, 북두산문은 구패의 일원이 되었다.

하지만 그녀는 아직 만족하지 못하고 있었다.

결국 그녀는 북두산문이 일백여 년 전 얻었던 명성, 천하제일가의 위치에 오를 때까지 이 행보를 멈추지 않을 것이다.

그런 자신의 행보를 나왕이 못마땅해한다고 생각한 것이다.

"아니오. 사람마다 원하는 삶이 달리 있다는 뜻이오. 옳고 그름의 문제가 아니오."

나왕이 얼른 그녀의 말을 부인했다.

그러자 백완이 잠시 침묵을 지키다가 입을 열었다.

"일단 알겠어요. 이야기를 계속 듣죠."

"그럽시다."

나왕도 백완과 서로의 사는 인생에 대해 논쟁하고 싶은 생각은 없었다. 그것보다야 차라리 절대삼천을 상대하는 일을 논의하는 편이 훨씬 나았다.

＊　　　＊　　　＊

"아… 적 소협이……!"

한참 이야기를 이어가던 백완이 다시 한번 놀랐다.

구중천의 천주 후금을 사로잡고 그를 이용해 혼마 창을 제압한 일까지는 가끔 탄성을 흘리며 감탄했지만, 적월이 마맹에 들어갔다는 말에서는 마치 자기 혈육의 일처럼 놀란 백완이다.

"그 아이의 선택이었소."

나왕이 말했다.

"하지만… 너무 위험하잖아요? 더군다나 그 일을 계획한 자가 혼마 창이라면……."

백완이 고개를 저으며 말했다.

자신에게 선택권이 있었다면 절대 하지 않았을 일이라는 뜻이다.

"물론 위험하긴 하지만 이천을 상대하기 위해선 마맹의 힘이 필요하니까. 어쩔 수 없었소."

"마맹을 이용해 정천의 무림맹과 싸울 생각이라는 건가요?"

"그건 아니오. 그렇게 되면 그들이 원하는 대로 되는 것이니까. 우린 마맹을 이용해 무림의 적당한 균형을 유지하는 것이 목적이오. 물론 곳곳에서 싸움이 벌어지기는 할 거요. 하지만 그 싸움이 정사대전의 전면전으로 이어지지는 않을 것이오. 마맹이 우리 손에 있는 이상은……."

"하아… 과연 그렇게 통제가 될지……."

아무리 대단한 사람도 불어오는 태풍을 막을 수는 없었다.

무림사에서 정사대전이란 그렇게 찾아왔다.

아무도 막을 수 없는 광풍으로……

물론 나왕의 말대로라면 과거 칠마의 난은 세 명의 미치광이 천재들에 의해 일어난 것이지만.

"물론 불가능할 수도 있소. 하지만 최선을 다해볼 생각이오. 힘의 균형이 이루어져 정사대전을 막고 있으면 밀천과 정천은 반드시 허점을 드러낼 거요. 자신들의 의도대로 무림을 움직이지 않으면 초조해질 테니 말이오. 그럼 직접 움직일 거고. 그리고 결국 알게 될 거요. 정사대전을 막고 있는 사람이 누군지를……"

"설마 십이천문 자체를 미끼로 쓰려는 건가요?"

"아니오. 하지만 허상으로 존재하는 마천의 후계자를 만들 수 있다면 허상으로 존재하는 무서운 적 역시 만들 수 있는 것 아니겠소?"

"허상… 그럼 결국 적 소협을……?"

"뭐, 잘 그려 나간다면 가능할 것이오."

"하지만 적 소협은 더 큰 위험에 빠질 수도 있겠군요. 그걸… 용납하실 수 있겠어요?"

백완은 불사 나왕과 적월의 관계를 생각보다 깊이 알고 있었다.

애초에 두 사제가 북두산문을 찾아온 순간부터 특별하게 눈여겨본 관계이기 때문이었고, 시간이 지나면서는 적월이 가지고 있는 나이답지 않은 능력에 관심을 가졌기 때문이었다.

물론 다른 그 무엇보다도 그가 불사 나왕의 제자라는 사실이 가장 큰 이유였지만.

"내가 용납하고 안 하고의 문제가 아니오. 모든 것은 그 아이가 결정하는 것이니……"

"적 소협이 이 일의 주도자란 뜻인가요?"

"적어도 혼마 창의 제자가 되는 순간부터는 그렇소. 다른 일은 모르겠지만……"

나왕이 대답했다.

"후우… 그렇군요. 적 소협의 심성이 강직한 것은 알고 있었지만 이렇게 대범할 줄은 몰랐군요. 아무튼 좋아요. 그런 위험을 감수하고 있는 사람도 있는데 저도 어느 정도는 위험을 감수해야지요. 물론 일이 성공했을 때 얻어지는 것도 많고. 그런데 이제 나머지 두 명에 대해서도 말해주실 때가 되지 않았나요?"

백완이 물었다.

지금껏 나왕은 밀천과 정천의 정체를 말하지 않고 있었다.

물론 숨기려 한 것은 아니다.

말할 기회가 적당치 않았을 뿐.

"그렇구려. 사실 문주께서도 익히 알고 있는 인물들이오."

"제가 그들을 안다고요?"

백완이 놀란 표정으로 되물었다.

"그렇소. 정천은 명안 이조, 밀천은 운중학 곤이오. 이 두 사람을 천하의 그 누가 모르겠소."

"아!"

백완이 자신도 모르게 입을 벌리며 탄식을 흘렸다.

도저히 믿을 수 없다는 표정이다.

그러나 믿지 않을 수도 없었다. 말하는 사람이 불사 나왕이 아닌가. 더군다나 그들의 이름을 말하는 나왕의 표정은 너무 덤 덤해서 외려 더더욱 의심할 수가 없었다.

"어떻게 그들이……?"

백완이 나직하게 중얼거렸다.

명안 이조와 운중학 곤, 이 두 사람은 무림오선의 일인이면서 강호에서는 칠마의 난에서 강호를 구한 강호제일의 의인으로 여 겨지는 인물들이다.

그뿐인가.

칠마의 난이 끝난 후에는 권력을 탐하지 않고 무림을 떠나 은 거의 삶을 사는 초연한 선인들이었다.

그런 사람들이 천인혈도 모자라 만인혈을 뿌린 정사대전의 원 흉이라니. 누구도 쉽게 믿을 수 없는 일이다.

"모두 사실이오. 몇 번 확인한 일이고."

"무섭군요."

백완이 고개를 저으며 말했다.

"맞소. 무서운 일이오. 단지 그들의 힘뿐 아니라 그들의 명성 도 상대해야 하기 때문이오."

나왕이 말했다.

"정말 사실이라면 가능하겠어요?"

백완이 두려운 표정을 지었다.

그런 자들을 상대로 승리할 수 있을지 확신하지 못하는 표정 이다.

만약 패배하면 아마도 십이천문은 세상에 남아 있지 않을 것이다.

"아무리 완벽해 보이는 성채라도 몇 가지 허점은 있소. 우린 이미 그들의 허점을 깊이 파고들어 가고 있소."

백완은 나왕이 무슨 말을 하는지 금세 알아들었다.

"그렇군요. 마천을 손에 넣었고. 그들의 정체를 알고 있고… 마맹을 움직일 수 있으니 이미 성은 허물어지기 시작한 것이군요."

"다만 필요한 것은 흔들리지 않는 의지일 것이오."

나왕이 단호한 표정으로 말했다.

이 순간 나왕은 결코 세상에서 가장 추레한 무인이 아니었다.

그의 눈에서는 정광이 흘러나왔고, 단호한 그의 표정은 강호를 지켜내려는 수호신 같았다.

천하의 그 누구도 지금의 나왕을 제외하고 영웅이란 말을 입에 올릴 수 없을 듯했다.

그 모습을 백완이 한동안 바라봤다.

그러다가 천천히 입을 열었다.

"좋아요. 앞으로의 계획을 듣죠."

백완이 좀 더 적극적인 모습을 보였다. 마치 나왕의 말과 행동에 감동한 것 같았다.

어떤 경우든 냉정을 유지해야 하는 무림문파의 수장으로서는, 특히나 지금까지 강호에서 차갑기로 유명했던 백완으로서는 보이기 어려운 행동이다.

그러나 그것이 나쁜 것은 아니었다. 적어도 십이천문의 고수들에게는.

몇 가지 계획들이 나왕의 입을 통해 흘러나왔다.

하지만 곁에서 나왕과 백완의 모습을 지켜보고 있던 사송은 그 계획들이 사실은 그리 중요하지 않다는 걸 알고 있었다.

중요한 것은 이 두 사람이 언제부터인지 모르겠지만 감정적으로 강한 유대감을 갖기 시작했다는 것이다.

어쩌면 그 시작이 오늘이 아닐 수도 있었다.

'아주 오래전부터 가졌던 마음들이 오늘 일을 계기로 명확하게 드러난 것일 수도 있지.'

사송이 차분한 시선으로 두 사람을 바라보며 생각했다.

문제는 이런 두 사람의 감정이 과연 그들이 하려는 일에 도움이 될 것이냐는 점이었다.

나쁜 점도 있고, 좋은 점도 있었다.

좋은 점이라면 당연히 북두산문 같은 문파가 진심으로 그들의 일을 돕게 되는 것이다.

북두산문은 삼사 년 전의 그들이 아니다.

비록 경시를 당한다고 해도 어쨌든 구패다.

무림맹의 한자리를 차지하고 있고, 그건 곧 무림맹의 움직임에 어느 정도 영향을 미칠 수도 있다는 의미였다.

무림맹은 정천의 바둑돌들. 그 바둑돌들이 자신의 의지대로 움직이지 않는 경우 정천 명안 이조는 크게 당황할 것이다.

북두산문은 그런 변수를 만들어낼 수 있는 문파였다.

나쁜 점은 불사 나왕이 북두산문의 일에 생각보다 깊게 관여할 수도 있다는 것이었다.

'위험하지. 마음이 약한 사람이라……'

사송이 불사 나왕을 바라보며 생각했다.

불사 나왕의 눈이 근래에 보기 드물게 빛을 내고 있었다.

본래 강호에 알려진 불사 나왕은 독선적이고 냉정한 인물이지만, 사실 그의 심성은 다른 무인들에 비해 오히려 여린 편이었다.

어려서부터 추레한 외모로 인해 사람들에게 배척당한 나왕의 내면은 외로움에 대한 두려움이 존재했고, 사람의 정에 굶주려 있었다.

아마도 그게 송가장 같은 곳에서 근 이십여 년 동안 사냥개로 살게 된 이유일 것이다.

송가장을 떠난 이후 그는 좀 더 냉혹한 사람이 될 수도 있었다.

하지만 우연히 적월을 만나 스스로 되돌릴 수 없는 냉혈한이 되는 것을 막아냈다.

적월에 대해서는 거의 무조건적인 애정을 가진 나왕이다.

다른 사람은 몰라도 사송은 그 사실을 너무 잘 알고 있었다.

그 자신이나 유왕 서리 역시 나왕과 마찬가지기 때문이었다.

그런데 지금 나왕에게 적월과 같은 의미의 사람이 또 한 명 생겨나고 있었다.

그리고 그는 그 인연을 결코 무시하지 못할 것이다.

만약 그가 백완에게 깊은 애정을 느끼게 된다면, 그건 곧 불사 나왕이 북두산문의 일에서 벗어날 수 없음을 의미한다.

그렇게 되면 그 결과는 십이천문 전체에 미치게 될 것이다.

'후우… 어쩔 수 없지, 사람의 운명은. 다행인 것은 이 차가운 여자도 같은 마음인 것 같다는 거지. 참… 어울리지 않는 한 쌍인데 말이야. 쩝!'

사송이 나왕의 눈에 시선을 고정하고 그의 이야기를 듣고 있는 백완을 보며 내심 실소를 흘렸다.

제6장
청풍회(淸風會)

"청풍회… 나쁘지 않군요."

그러나 실망한 기색이 보인다. 모임의 이름으로 너무 유약하다는 생각인 듯 보였다.

역시 성정에 패도적인 면이 있다고 생각하며 사송이 입을 열었다.

"욕망이 가득한 무림에 정갈하고 시원한 바람 한 줄기쯤 있어서 나쁘지 않지요. 한여름 더위를 피할 수 있는 바람처럼 모임의 모든 사람들이 청풍회 안에서 편한 마음이 될 수 있기를 바라서 지은 이름이외다."

"그렇군요. 그런 깊은 뜻이 있었어요. 그 말씀은 그들과의 싸움이 끝난 이후에도 이 모임이 지속될 거란 뜻인가요?"

"아마도……."

자왕 사송이 대답했다.

그러자 나왕이 덧붙였다.

"군림하지 않고 스스로를 지키기 위한 모임이니 아마도 꽤 오랫동안 계속될 것이오."

"욕심이 깃들지 않으니 분쟁이 생길 일이 없다는 뜻이군요."

백완은 현명한 여자다. 나왕이나 자왕 사송이 하는 말의 의미를 즉시 알아들었다.

"물론 몇몇 문파는 스스로 물러나기도 할 것이오. 워낙 심심한 모임일 테니 말이오."

사송이 웃으며 말했다.

"마치 저 들으라고 하는 말씀 같군요?"

"하하, 그럴 리가요. 다른 문파 한 곳을 두고 하는 말이오."

"참, 어떤 문파들을 모으셨나요?"

그러고 보니 나왕이 만들려는 모임에 가입할 문파들에 대해 아직 듣지 못한 백완이다.

"인연이 있는 북화문과 개방이 가장 먼저 가입했소."

"개방이요?"

북화문과 십이천문의 인연은 이미 알고 있으므로 당연하다 생각했지만, 개방을 끌어들인 것은 의외라는 표정이다.

개방은 무림맹의 주력 문파 중 하나다.

비록 구패는 아니지만.

"아무래도 개방이라는 곳이 누구 한 사람의 수중에 들어갈 방파가 아니어서 그리 정했소. 나와는 각별한 인연도 있고……."

"유용한 곳이기는 하죠."

백완이 여전히 미심쩍기는 하지만 나왕의 말에 수긍했다.

"그리고 금림이 있소."

"금림? 낙양의 그 금림이요?"

백완이 놀란 표정으로 물었다.

"그렇소."

"어떻게 그들을… 그들은 상인들이잖아요?"

"뭐, 그럴 만한 인연이 있소. 그런데 다른 문파들은 노출되어도 되지만 금림은 절대 노출되어서는 안 되오."

꼭 금림에 대한 비밀을 지키라는 의미다.

사실 나왕은 백완에게 금림에 대한 이야기를 할지 말지 잠시 고민했다.

금림과 십이천문의 인연은 오직 십이천문 사람들만이 아는 것이기 때문이었다.

하지만 기왕에 백완을 믿기로 한 이상 비밀은 없는 것이 좋다고 생각한 나왕이다.

만약에라도 나중에 백완이 금림의 존재를 알게 되면 서로 신뢰가 깨질 수도 있었다.

백완 역시 나왕이 금림의 존재를 말하는 것을 고민했을 거란 걸 즉시 알아챘다. 특별히 금림의 존재에 대한 비밀을 당부하는 것은 그런 의미일 것이다.

덕분에 나왕에 대한 믿음이 더욱 강해지는 백완이다.

"걱정 마세요. 본 문에서도 오직 저만 알고 있겠어요."

"고맙소이다."

"그럼 북화문과 개방, 그리고 금림과 본 문, 거기에 십이천문.

이렇게 전부인가요?"

"뭐 나와 인연이 있는 작은 문파들 몇 개 더 끌어들일 생각이지만 지금으로선 그 다섯이 전부요. 그런데 그들은 과연 오겠소? 그들이 온다면 이야기는 조금 다른데……."

나왕이 갑자기 사송에게 물었다.

"글쎄올시다. 솔직히 난 아직도 그들을 부르는 것에 반대요."

사송이 조금 불편한 표정으로 말했다.

"누굴 말씀하시는 거죠?"

"아마 문주께서는 모르실 것이오."

"그런 문파가 있나요? 강호의 문파라면……."

어느 정도의 세력을 가진 문파라면 자신이 모를 리 없다는 의미에서 한 말이다.

백완은 천하제일문을 꿈꾸는 여인이다. 당연히 강호의 무림문파는 물론 상계의 가문들에 대해서도 누구보다 많은 정보를 가지고 있었다.

"중원의 문파가 아니외다."

사송이 다시 말했다.

"그럼……?"

"곤륜 오지에 있는 문파인데. 참 사람들이 이상해서……."

"그런 문파와 인연이 있어요?"

백완이 놀란 표정으로 나왕에게 물었다.

"뭐, 청부 하나 처리하다가 인연을 맺었는데… 이름은 알려지지 않았지만 무척 강한 문파요. 다만……."

"정파의 문파가 아닌가 보군요."

"정사를 구분할 수 없는 문파요. 우리가 갔을 때는 큰 풍파를 겪기도 했고. 그래도 그들의 힘은 정말 유용하게 쓰일 것이오."

"그렇다고 그 정체가 불분명한 문파를 곤륜에서까지 끌어오는 것은……."

백완은 걱정이 되는 모양이었다.

"변수… 천하를 자신들의 바둑판처럼 내려다보고 있는 이천에게 변수가 될 수 있는 문파라 그렇소. 최소한… 북쪽에서는 변화를 만들어낼 수 있을 것이오. 중원까지는 아니어도."

나왕이 말했다.

"이미 결심을 하셨군요?"

"일단 사람을 보냈소."

"그럼 어쩔 수 없는 일이네요. 그런데 자왕께서는 그들이 문제를 일으킬 것으로 보시는 건가요?"

여전히 불편한 표정을 하고 있는 자왕 사송을 보며 백완이 물었다.

"뭐… 특별한 문제야 일으키지 않겠지만… 에이… 참!"

사송이 갑자기 투덜거렸다.

그런 사송의 반응에 백완은 자신이 무슨 실수를 했는가 싶어 나왕을 바라봤다.

그러자 나왕이 가볍게 고개를 저었다.

"자왕께서 개인적인 일이 있어서 그렇소."

"개인적인 일이요?"

백완이 되물었다.

그러자 사송이 얼른 손을 저었다.

"아아, 청풍회 일과는 관련이 없으니 묻지 마시구려. 어허 참……."

불사 나왕과 자왕 사송이 끌어들이려는 문파는 곤륜의 천통문이었다.

세상과 철저히 격리된 그들을 끌어내는 것은 어려운 일이지만, 만약 그들이 몇 명의 사람이라도 보낸다면 그건 청풍회에 큰 도움이 될 것이라 생각한 것이다.

애초에 강호의 일에 관여하는 것은 천통문의 문규로 금지되어 있지만, 사실 그동안 많은 천통문의 고수들이 천주밀도를 이용해 강호 출입을 해왔다.

나왕으로서는 그들이 모든 문도들을 이끌고 정사대전에 참여할 수는 없겠지만, 그중 일부의 고수들이 곤륜을 떠나 청풍회의 일을 도울 수는 있다고 생각하고 있었다.

아니, 어쩌면 천통문을 장악한 전대 문주 부인 서유화라면, 그녀의 숨겨진 욕망과 야심이라면 천통문이 전통을 깨고 강호로 나올 수도 있었다.

그녀는 백완의 걱정처럼 믿을 수 없는 여인이었다.

그러나 그럼에도 불구하고 나왕이 천통문을 불러들이려 하는 것은 그곳에서 만난 사람들, 화명과 수월은 말할 것도 없고, 무령사 마누의 성정을 믿기 때문이었다.

이들 세 사람은 오랜 세월 특별한 비밀을 간직해 온 서유화의 실질적인 가족들이어서, 서유화가 세상을 향한 욕망을 가지고 있다면 그걸 적절하게 제어할 수 있을 거라 판단한 나왕이다.

이런 나왕의 생각에는 자왕 사송 역시 어느 정도 동의했다.

다만 그로서는 천통문의 여고수 화명을 만나는 것이 불편했다.

그녀를 잊었다고 생각한 것은 자신의 착각이었다. 아니, 어쩌면 한때는 정말 잊었을 수도 있었다.

그러나 다시 천통문이 거론되기 시작하자, 그녀에 대한 감정이 마치 어제 느꼈던 것처럼 고스란히 되살아나기 시작했던 것이다.

사송은 그런 감정의 흔들림이 싫었다.

그는 무인이고, 날카로운 검날 위에서 사는 사람이다. 평소에는 익살스럽고 허튼짓도 많이 하지만, 사실 자왕 사송만큼 날카롭게 세상을 바라보는 사람도 흔치 않았다.

그런데 천통문의 화명은 그의 날카로움을 앗아간다.

무뎌진 감각은 곧 죽음에 한 걸음 가까이 다가가는 것이었다. 그래서 그는 천통문을 강호에 불러내는 것을 달가워하지 않았다.

그러나 이미 정해진 일, 그 자신만 조심하면 될 것이니 나왕의 계획에 반대할 수는 없었다.

미묘한 사송의 감정 변화를 흥미롭게 관찰하던 백완이 나왕에게 물었다.

"문파 이름이 뭐죠?"

"천통문… 곤륜 인근의 사람들에게는 유령문이라는 신비문파로 불리오."

"천통문이라… 역시 들어보지 못한 곳이군요."

백완이 고개를 끄떡였다.

확실히 그녀의 머릿속에 없는 이름이다.

"워낙 고립된 삶을 살아온 사람들이라 솔직히 강호에 나오면
적응하기도 힘들 것이오."

"그럼에도 나설까요?"

백완이 물었다.

"내가 아는 한 그렇소. 그녀는……."

서유화라면 반드시 강호에 나올 것이라 믿는 나왕이다.

"그녀라면… 문주가 여인인가요?"

"그렇소."

아마도 지금의 문주는 수월일 것이다.

하지만 여전히 그 실권은 화명과 수월의 어머니 서유화가 갖
고 있을 것이다.

"어느 정도 전력을 갖추고 있죠?"

"글쎄… 참 묘한 가문이라 전력을 가늠하는 것이 쉽지 않소.
하지만 굳이 판단하자면 구패에 버금간다고 할 것이오."

"아……."

백완이 놀란 듯 탄식을 흘렸다.

그녀가 생각했던 것보다 훨씬 강력한 힘을 지닌 문파인 것이
다.

"그럼… 힘이 되겠군요."

"맞소. 그래서 사람을 보낸 거요. 더군다나 비밀스럽게 움직인
다는 면에서는 강호의 그 어떤 문파보다 능숙하니까."

"기대되는군요. 어떤 문파인지……."

구패에 버금가는 힘을 가진 문파라면 백완의 관심을 끌 수밖에 없었다. 천하제일문을 추구하는 그녀에게 도움이 될 수도, 큰 방해가 될 수도 있기 때문이었다.

"아무튼 문주께서 청풍회에 참여해 주시니 정말 큰 힘을 얻었소이다."

"후후, 싸움은 여전히 십이천문이 한다면서요. 전 굿이나 보고 떡이나 먹는 입장이고."

백완이 나직하게 웃음을 흘렸다.

"물론 그렇기는 하지만 그래도 어찌 놀고 계실 수만 있겠소. 가끔… 도움을 청할 것이오."

나왕도 가늘게 미소를 지었다.

"기대하죠. 그런데 연락은 어찌하죠? 개방이 움직이나요? 아니면 북화문?"

"금림의 상인들과 거래를 트시면 어떻겠소?"

나왕이 엉뚱한 말을 했다.

하지만 눈치 빠른 백완은 금세 그의 말을 알아들었다.

"아, 그렇군요. 그들이 가장 안전하겠군요. 상가의 출입이야 정사양도를 가리지 않고, 기루와 무가도 가리지 않으니까요."

백완이 고개를 끄떡였다.

"하지만 금림을 이용해도 드나드는 상인들 자신조차 자신들이 무슨 일을 하고 있는지 모를 것이오. 청풍회만의 특별한 문양을 쓴 서신들이 특별한 방식의 글로 전달될 것이오. 그래서 여기……."

나왕이 품속에서 작은 책자를 꺼내 들었다.

"뭐죠?"

"청풍회 사람들만 해독할 수 있는 암구어요."

"나쁘지 않군요."

백완이 얇은 책자를 훑어보며 말했다.

"몇 자 되지는 않지만 필요한 말은 모두 소통할 수 있을 것이오."

"누가 만들었죠?"

백완이 물었다.

"유왕께서 만드셨소."

"유왕 서리… 어문에 재능을 가지고 계셨군요."

"동생이 글을 잘하오."

사송이 옆에서 끼어들었다.

"아무튼… 이제 곧 싸움이 시작되겠군요?"

백완이 물었다.

"대단한 싸움은 아닐 것이오. 다만 북두산문에도 약간의 도움은 될 것이오."

"남궁세가와 만무회라면… 그들이 쇠락한다면 그렇지요. 본문의 입지가 넓어질 테니까."

백완이 고개를 끄떡였다.

"남궁세가가 공격받으면 다른 문파들은 자파의 고수들을 복귀시킬 것이오. 하지만 청풍회에 속한 문파들이 공격받을 일은 없을 테니 북두산문은 무림맹에 나가 있는 고수들을 불러들일 필요가 없소."

"알겠어요. 그렇게 하죠."

백완이 고개를 끄떡였다.

그러자 불사 나왕이 자리를 털고 일어났다.

"결국 밤을 새우고 말았구려. 날이 밝으면 곤란하니 우린 이만 가겠소."

"아쉽지만 보내 드려야겠군요. 아침이라도 대접하고 싶지만 상황이 상황이니……."

"용가장을 접수하면 금림에 도움을 청하는 것도 나쁘지 않을 것이오. 재물을 다루는 것은 역시 금림이 최고이니. 그렇게… 인연을 맺어가는 모양새도 좋고."

"그렇군요. 지난 몇 년간 사실 재물을 다루는 일이 제일 힘들었지요."

"오직 금림의 림주하고만 모든 것을 이야기할 수 있다는 것을 잊지 마시구려."

"명심하죠."

백완이 나왕의 당부를 순순히 받아들였다. 마치 말 잘 듣는 어린애 같다. 평소 백완의 모습과는 상당히 다른 면이었다.

그런 백완에게 눈으로 인사를 하고는 나왕이 천막을 벗어났다.

그러자 사송이 나왕을 따라나서려다 말고 백완을 돌아보며 말했다.

"문주께 한마디 충고를 하고 싶소만……."

"충고시라면……?"

갑작스러운 사송의 말에 백완이 의아한 표정으로 되물었다.

"인생은 짧소. 또한 사람의 인연이란 때가 있는 법이오. 어떤 사람은 그 한순간을 놓쳐 평생을 후회하기도 한다오."

사송이 백완에게 뜻 모를 말을 남기고 이미 어둠 속으로 사라지고 있는 불사 나왕을 향해 뛰어갔다.

"…그를 놓치지 말라는 말 같은데. 후우, 과연 그게 가능할까? 북두산문이 천하제일문으로 가고 있는 이 와중에?"

백완이 길게 한숨을 쉬며 중얼거렸다.

불사 나왕과 자왕 사송이 백완의 천막을 떠나자마자, 밤새 백완의 천막을 주시하고 있던 노검객 전광이 빠르게 백완의 천막으로 달려왔다.

그리고 신중한 표정으로 물었다.

"불사가 대체 무슨 일로 왔습니까?"

불사 나왕은 천하십대고수다. 그런 자가 은밀히 찾아왔다는 것은 결코 예삿일이 아니다. 노련한 전광으로서는 걱정하지 않을 수 없었다.

"그와 내가 인연이 있다는 것을 아시나요?"

백완이 물었다.

"물론입니다. 우연일지라도 그의 도움이 없었다면 만무회와 검산파의 방해로 본 문의 재기가 어려웠을 거라는 걸 알고 있습니다."

"아니, 그것 말고요."

"……?"

전광이 그것 말고 무슨 일이 더 있냐는 표정으로 백완을 바라봤다.

"그가 조부님의 사신지보를 가져온 것을 아시나요?"

백완이 되물었다.

"아, 그 일을 말씀하시는 거군요. 그거야 이미 서로 간에 없던 일이 된 것 아닙니까?"

전광 역시 백완이 자신과의 혼인을 내걸고 백초산의 사신지보를 찾았던 사실을 알고 있다.

그리고 그 사신지보를 가져온 사람이 불사 나왕이라는 것도.

하지만 그 인연은 이미 불사나 백완이나 없던 일로 하자는 것으로, 묵시적으로 합의한 일이었다.

그 약속이 지금까지 효력을 발휘할 이유는 없었다.

"맞아요. 없던 일이 되었죠. 하지만……."

"그가 그 약속을 지키라 합니까?"

전광이 걱정스러운 표정으로 물었다.

상대가 불사 나왕이다. 약속을 지키라고 고집을 피우면 꽤나 곤란한 일이 벌어질 수도 있었다.

"아뇨. 그는 나와 같은 사람을 좋아하지 않지요."

"아니, 문주님이 어디가 어떻고… 오히려 그를 좋아할 여인은 없지요. 솔직히 말해서 그와 같은 추남은……."

"처음에는 모두 그렇게 생각하죠. 하지만 우연히 사람의 겉이 아닌 속을 알게 되는 경우가 있어요. 특히 위기의 순간에는 그렇죠. 그럴 때 사람들은 누군가에게 특별한 무엇인가가 있다는 것을 알게 되죠. 그 사람의 진정한 가치를 깨닫게 된다고 할까요. 외모가 아니라… 그런 면에서 그는 특별한 가치를 가지고 있어요."

"설마……?"

전광이 백완을 바라봤다.

그녀의 말대로라면 미련이 남은 것은 불사 나왕이 아니라 그녀인 듯 보였다.

"맞아요. 전 이제야 아쉬운 생각이 드네요. 오히려 내가 그때 약속의 이행을 고집할 걸 그랬다 하는……."

"문주님!"

전광이 놀란 눈으로 백완을 바라봤다.

그러자 백완이 우울한 표정으로 말했다.

"사람들은 참 단순한 것을 잊곤 해요. 눈에 보이는 외모나 뭐 이런 것들에 가려서요. 모든 사람이 그가 추남이라는 걸 알죠. 하지만 그 추남이라는 사실 때문에 한 가지 분명한 사실을 잊곤 해요."

"그게 뭡니까?"

전광이 물었다.

"그가 이미 삼십 대 중반부터 천하십대고수로 꼽힌 사람이란 것, 그리고 송가장을 천하구패의 일원으로 만든 사람이란 것을 잊곤 하죠. 그는… 결코 외모로 평가받을 사람이 아니에요. 그러기에는 너무나 특별한 가치를 가진 사람이죠."

"그… 거야 그렇긴 하지만 그래도……."

"젊어서는 저도 그랬어요. 그런 사람은 아무리 대단한 능력을 갖고 있어도 관심이 가지 않았고, 오히려 마치 오물을 뒤집어쓴 사람인 듯 가까이 하기를 꺼려했죠. 하지만… 지금은 달라요."

"한 명의 사람으로서, 무인으로서는 나무랄 데 없는 사람이지요."

전광이 고개를 끄떡였다.

"그는 진실한 마음을 가지고 있는 사람이에요. 독선적이고 냉정해 보이지만 사실은 누구에게나 진심을 가지고 대하죠. 아마도 나이가 들어갈수록 그의 외모는 보이지 않게 될 거예요. 대신 무림은 한 명의 거인을 보게 되겠지요. 무인으로서, 인간으로서 거대한 산을 이룬……."

백완이 나왕과 사송이 사라진 어두운 숲을 보며 말했다.

"문주님의 말씀을 듣고 보니 그럴 것도 같습니다. 사실 불사나왕이 불의의 일을 했다는 이야기를 들어본 적이 없으니까요. 마도에게나 독검을 뿌려댔지 보통의 경우는 말로서 상대를 물러나게 만들었지요. 더군다나 그의 무공은… 이 늙은이의 검과는 많이 다르지요. 이미 삼십 대에 천하십대고수였으니……."

전광이 나왕에 대한 백완의 평가를 인정했다.

"그래서요. 그래서 미련이 남아요. 한때 그의 외모가 거슬리니 그가 하는 모든 행동이 거슬렸어요. 그래서 사시지보의 약속조차도 억지로 비껴냈는데. 이제 와 생각하니 그로 인해 손해를 본 것은 오히려 나와 북두산문인 것 같아요. 그런 무림의 거인을 과연 북두산문이 키워낼 수 있을지……."

"……"

백완의 말에 전광이 대답하지 못했다. 불가능한 일이라고 생각하는 것이다.

그러자 백완이 다시 말을 이었다.

"그뿐만이 아니지요. 그의 제자는……."

"그에게 제자가 한 명 있다는 말을 저도 들었습니다만……."

"그의 제자는 더 대단한 인물이죠. 청출어람이랄까… 제 느낌으론 아마도 십 년 후에는 할아버님의 명성에 견줄 고수로 성장할 수도 있을 거예요."

"설마……."

전광이 자신도 모르게 백완의 말을 부정했다.

검신 백초산과 비견된다니, 그것도 서른 중반의 나이에. 그건 불가능한 일이다.

"그렇지요. 불가능한 일이지요. 하지만… 왠지 그 소협은 가능할 것 같다는 생각이 드는군요."

"아… 대체 어떤 젊은이기에……."

적월을 본 적이 없는 전광이 강렬한 호기심을 드러냈다.

"곧 보게 될 거예요. 그럼 검왕께서도 제 말이 틀리지 않았다는 걸 인정하실 겁니다. 그나저나 곧 날이 밝아요. 준비해야죠?"

"분명히 그는 장원을 비웠을 겁니다."

"그러기를 바라야죠. 오늘 또다시 피를 보기는 싫으니까."

백완이 용가장의 장원 쪽을 바라보며 말했다.

어느새 어둠이 서서히 물러나고 있었다.

한 무리의 사람들이 해가 뜨기 전에 길을 나섰다.

그들은 근 일백 년간 살아온 자신들의 터전을 몇 번이나 돌아보았다.

그러나 결국 그들은 다시 돌아오지 못할 길을 떠날 수밖에 없었다.

떠나지 않으면 죽음밖에 없다는 것을 알기 때문이었다.

사람들이 떠난 장원은 고요했다.

어제까지만 해도 사람들로 북적거렸던 무림의 중견문파 용가장이라는 것을 믿을 수 없을 정도였다.

새벽에 비워진 장원은 마치 오랫동안 비어 있던 건물처럼 을씨년스럽다.

해가 뜨고, 언제나처럼 그 해가 화려한 용가장의 장원을 비춰도 마찬가지였다.

사람이 떠난 집은 그 순간 폐허가 되는 것이다.

그러나 정오 무렵 장원은 다시 활기를 되찾았다.

떠난 사람을 대신해 새로운 사람들이 장원을 채우기 시작했기 때문이다.

말소리가 들리고, 사람과 말이 움직였고, 마차도 연이어 장원을 들락거렸다.

반나절의 죽음을 뒤로하고 장원이 다시 살아나기 시작한 것이다.

나왕과 사송은 작은 야산의 봉우리에 앉아서 작은 술병 하나씩을 손에 들고 장원이 하루 동안 죽음을 거쳐 새롭게 태어나는 과정을 지켜보고 있었다.

"참 매정한 사람이오."

사송이 장원에서 짐을 가득 싣고 떠나는 마차들을 보며 말했다.

아마도 용가장의 창고를 가득 채우고 있던 재물들을 북두산문으로 옮기려는 행렬인 듯했다.

새벽에 비참한 몰골로 떠난 용가장주를 비롯해 그의 식솔들을 생각하면 사송의 말처럼 비정한 일면이 있는 광경이었다.

"목숨을 살려주었으니 비정하다고만 할 수는 없소."

나왕이 대답했다.

"후우… 불사께서는 백 문주에게 특별한 감정이 있으니 그리 말씀하시는 것이지만, 내 눈에는 그렇게 보이지 않는구려."

"내 개인의 감정을 두고 하는 말은 아니오. 무림에서 은원은 결국 목숨으로 가리게 되어 있소. 그런데 그녀는 용가장주와 그 식솔들을 살려주지 않았소. 어느 문파가 과거의 원한을 이렇게 풀겠소?"

나왕이 되물었다.

그러자 사송이 뻘쯤한 표정이 되었다.

"허험… 뭐… 듣고 보니 그도 그렇긴 한데. 에이, 떠나는 것과 장원을 차지하는 것을 동시에 봐서 그런 느낌을 받은 모양이오. 내 말은 취소요."

사송이 손을 저으며 말했다.

"물론 그녀가 매정한 면이 있기는 하오. 하지만 그만큼 맺고 끊는 것도 확실하니 믿을 수 있을 것이오."

"이제 와서야 믿을 수밖에… 어쩌겠소. 그런데… 나중에는 어쩔 생각이오?"

"나중이라니 무슨 말씀인지?"

나왕이 되물었다.

"모든 일이 끝나면 말이오. 그때는… 그녀와 어찌하실지. 내가 보기엔 백 문주 역시 이제는 진심으로 불사께 관심을 가지고 있는 것 같더구려. 어찌 보면 무척 잘 어울리기도 하고 말이오. 서로가 가지고 있지 않은 면을 가지고 있으니."

사송의 질문에 나왕이 잠시 침묵을 지켰다.

그리고 침묵 끝에 허허로운 표정으로 말했다.

"솔직히 말해 나 역시 그녀에게 특별한 마음이 없는 것은 아니오. 하지만 이 나이가 되고 보니 남녀 간의 감정이란 것이 삶의 행로를 결정하는 데 절대적인 것은 아니란 생각이 드는구려. 특히 우리 같은 사람들은……."

"그렇긴 하오. 훗날의 일을 지금 정할 수는 없는 문제이기도 하고. 마음이란 것이 한순간에 변하기도 하고. 세상에 영원한 것은 없으니……."

사송은 갑자기 침울해졌다.

북화문, 아니, 이제는 천통문의 사람인 화명에 대한 문제가 다시 골치 아파진 것이다.

그녀에 대한 호감은 호감이고, 천통문이라는 그 이상한 문파와 인연을 맺는 것은 정말 싫기 때문이었다.

"흘러가는 대로……."

나왕이 말했다.

때마침 바람이 불어와 두 사람을 옷자락을 날렸다.

"맞소이다. 흘러가는 대로. 세상에 절대란 없으니까. 젠장, 그러고 보니 그자들이 더욱 오만해 보이는군. 감히 절대삼천이라니. 내가 반드시 그 절대란 말을 깨주지."

사송이 괜히 절대삼천에게 화를 냈다.

"적월이 걱정이오. 잘 해낼지……."

"나도 그렇기는 한데. 이렇게 떨어져 지내다 보니 알겠더구려. 그 아이가 우리가 생각하는 것보다 훨씬 대단한 아이라는 걸. 아니, 이젠 아이라고 하기에도……."

"대단하기는 하지요. 불파일맥의 무공에, 검신 백초산의 검공, 그리고 혼마 창의 무공까지… 사실 우연찮게 인연이 이어져 그리된 것이지만 그 세 종류의 무공을 한 몸에 지닌 사람이 있을 거라고 누가 생각하겠소?"

"그러게 말이외다. 더 무서운 것은 그 무공들을 모두 자기 것으로 만든 그 아이의 재능이오. 그건… 소요의 친부이신 몽 형님도 갖지 못한 자질인데……."

사송이 혀를 내둘렀다.

아끼는 적월, 몽소요지만 그 재능만큼은 가끔 섬뜩할 때가 있었던 것이다.

"그래도 심성이 바르니 크게 걱정하지는 않소."

나왕이 말했다.

"그렇기는 한데… 그 혼마의 무공이란 것이……."

사송은 혼마의 마공이 적월의 심성을 변화시키지 않을까 여전히 걱정이 되는 듯했다.

"혼천안을 수련할 때 변화가 없는 것을 확인했으니 걱정 마십시다."

"맞소이다. 소요를 믿지 않으면 누굴 믿겠소. 그나저나 이 녀석은 지금쯤 어디에 있을런지……."

사송이 고개를 들어 북쪽 하늘을 보며 중얼거렸다.

적월은 그즈음 남궁세가를 앞에 두고 있었다.

마맹을 떠난 이후 장안에 들기 전 금림의 사람들과는 작별을 했다.

이후에는 줄곧 환동과 미리 강호에 나와 그를 기다리고 있던 무영오마의 호위를 받으며 서남쪽으로 이동했다.

그리고 최근 들어 남궁세가의 권역에 들어선 것이다.

"신마령주님을 뵙습니다."

적월이 남궁세가가 멀리 바라보이는 작은 산 중턱에 올라섰을 때, 어둠을 뚫고 나타난 한 명의 흑의인이 적월 앞으로 달려와 한쪽 무릎을 꿇으며 인사를 했다.

"마영십일조의 귀자호입니다."

마영 천이 옆에서 얼른 흑의인에 대해 설명했다.

귀기스러운 얼굴, 밤 고양이 같은 날카로운 안광, 다부진 입매. 귀자호라는 이름이 잘 어울린다는 생각을 하며 적월이 입을 열었다.

"반갑군."

"늦게 찾아뵌 것을 용서하십시오."

귀자호는 장강 중하류에 나와 있었기 때문에 적월이 마영들을 마맹으로 부를 때 부름에 응하지 못했었다.

"상관없어. 어차피 마맹과 멀리 떨어진 곳에서 움직이고 있으니 오려 해도 올 수 없지. 그나저나 어때?"

적월이 무심하게 물었다.

"마호군은 장강 중류 석곡에 모이고 있습니다."

"그래? 인왕 홍광은?"

"음양교의 마인들을 데리고 배 한 척에 올라 장강을 건너고 있습니다."

"몇이나 데려갔지?"

"대략 십여 명 정도로 보입니다만……."

순간 적월이 눈살을 찌푸렸다.

"어리석군."

"……."

적월의 말에 귀자호가 적월의 불만을 알아듣지 못하고 침묵했다.

"마호군에 전하게. 인왕 홍광을 따르는 무리를 적어도 서른 정도는 되어 보이게 해야 한다고. 그래야 남궁세가의 고수들이 더 많이 나올 것 아닌가?"

적월이 마영 천에게 말했다.

"알겠습니다."

"이곳은 남방이니 마해오객 중 와송이 관리하겠군."

"그렇습니다."

마영 천이 대답했다.

"그에게 연락해. 남궁세가 주변의 모든 움직임을 하나도 빠짐없이 파악하라고."

"그 일은……."

마영 천이 의아한 표정으로 되물었다.

그의 시선이 적월에게서 한쪽 무릎을 꿇고 있는 귀자호에게로 향했다.

이미 귀자호가 이끄는 마영십일조가 같은 일을 하고 있기 때문이었다.

"마영십일조는 달리 할 일이 있다."

"하명하십시오."

귀자호가 대답했다.

"너희들은 지금부터 명안 이조의 움직임을 살펴라."

"예?"

갑작스러운 명에 귀자호가 이해하지 못하겠다는 듯 적월을 바라봤다.

무림맹에는 따로 나가 있는 마영들이 있다.

무림맹은 어떤 곳보다 중요한 곳이라 혼마 창은 마영오조와 그 조장 윤완으로 하여금 무림맹 근처에 상주하며 움직임을 살피고 있었다.

개중에는 무림맹 내부에 잠입해 무림맹의 사람으로 활동하는 마영들조차 있었다.

그러므로 명안 이조에 대한 감시는 그 마영오조에게 맡기는 것이 타당했다.

또한 평소 간간히 그에 대한 소식을 전하는 사람들도 마영오조였다.

"그에 대한 소식이 많지 않더군."

적월이 짧게 말했다.

"명안 이조가 무림맹을 만들기는 했지만, 무림맹의 일에서 물러난 것이 오래전입니다. 그래서 무림맹에 잠입한 오조가 그의 행적을 파악하는 데는 한계가 있을 겁니다."

마영 천이 오조로부터 명안 이조에 대한 소식이 적은 이유를 설명했다.

"그래서 하는 말이야. 오조는 무림맹에 묶여 있으니 십일조가 대신 명안 이조를 살펴보라는 거지. 조심해서. 아마도 그도 지금쯤이면 무림맹 근처에 있겠지."

"아무래도 그렇겠지요. 마맹이 결성되었으니까 무림맹을 떠나 있는 몸이라도 분명히 가까이 있을 겁니다."

"남궁세가와 만무회에 일이 벌어지고 난 이후 그의 행적을 가능한 빠짐없이 보고해."

"알겠습니다. 십일조의 절반을 움직이겠습니다. 이쪽도 손을 놓을 수는 없으니."

귀자호가 대답했다.

"그건 좋도록 해. 그런데 말이야. 아무리 마영들이 목숨을 아끼지 않고 일을 한다 해도 명안 이조를 감시할 때는 조심해야 해. 명안 이조는… 그대들이 생각하는 것보다 훨씬 무서운 사람이야. 그러니까 애초에 그에 대한 평가보다 세 배쯤 무서운 사람이라고 생각하고 접근하도록."

"그렇게까지……."

"내 말 명심해. 어쩌면 세상에 드러나지 않은 자들이 그의 곁을 지키고 있을 수도 있어. 만약 그런 자들이 있다면 방심하는 순간 그들에게 들킬 거야. 그리고… 들키면 죽는다. 명안 이조, 생각보다 독하기도 하거든."

이쯤 되면 마영 천이나 귀자호나 명안 이조에게 자신들이 모르는 또 다른 무엇인가가 있다는 것을 알아채고도 남았다.

신마령주가 괜히 자신들을 걱정해 노파심으로 할 말들이 아니기 때문이었다.

"알겠습니다. 최대한 거리를 두고 살피겠습니다."

"좋아. 그럼 가봐."

적월의 명이 떨어지자 귀자호가 한순간에 어둠 속으로 사라졌다.

"마영(魔影)이라. 사부께서 이름 하나는 잘 지으셨어. 정말 그림자들 같잖아?"

사라지는 귀자호를 보며 적월이 감탄한 듯 말했다.

"귀자호는 그중에서도 특출한 사람이지요."

마영 천이 말했다.

"들었어. 은신법이 특히 뛰어나다고."

"그렇습니다. 며칠을 먹지 않고 버틸 수도 있지요."

"쓸모가 있지. 특히 이런 싸움에서는……."

적월이 고개를 끄떡였다.

"남궁세가의 일을 끝까지 보고 가시겠습니까?"

마영 천이 물었다.

"음, 만약 일이 제대로 되지 않으면 한 손 거들까도 싶고……."

"굳이 그러실 필요까지."

마영 천은 번거로운 일에 나서는 것 아니냐는 듯 반대 의사를 내비쳤다.

"아니… 남궁세가에 숨겨진 고수가 있을까 해서."

"그렇다 해도 마호군의 고수들이라면 충분치 않을까요?"

"그럼 좋지만… 왠지 미덥지 않군. 일단 지켜보자고."

"알겠습니다."

대답을 하면서도 마영 천은 여러 마문이 연합한 마호군 정도면 충분히 남궁세가의 검객들을 상대할 수도 있을 거라 생각하는 듯했다.

"달도 좋으니 천천히 석곡으로 가자고."

"모시겠습니다."

마영 천이 고개를 숙여 보이고는 앞장서서 밤길을 가기 시작했다.

*   *   *

남궁세가는 장강 중하류를 지배한다.

세가의 터전은 세월이 흐르면서 몇 번 변하기는 했으나 그래도 장강 중하류, 금릉에서 황해에 이르는 지역의 무림은 언제나 남궁세가의 영향권에 있었다.

그 남궁세가가 당대에는 번잡한 성시에서 조금 벗어난 곳에 똬리를 틀고 있었다.

멀리 장강으로 흐르는 지류가 보이고, 날이 밝은 날이면 백 리 가까이 떨어진 금릉의 희미한 그림자도 신기루처럼 보이는 산 중턱에 자리 잡은 장원이다.

작게 보면 세가의 담장 안에 자리한 이십여 개의 건물이 남궁세가라 할 수 있지만, 넓게 보면 장원을 중심으로 사방 십여 리에 산재한 마을들 역시 남궁세가의 구성원으로 볼 수 있었다.

그들 모두가 남궁세가에 의해 밥을 먹고사는 사람들이기 때문이었다.

두두두두!

이 오래된 강호 명문가의 장원이 석양에 물들어갈 무렵, 갑자기 한 필의 말이 세가로 향하는 길 위에 나타났다.

말을 탄 자는 무서운 속도로 말을 몰았다.

단 한 필의 말이었지만, 마치 백여 필의 말이 동시에 달리는 듯한 광폭한 질주다.

그래서 길 위에 난전을 펼치고 있던 상인들이 물건을 놓아두고 황급하게 몸을 피하기도 했다.

말과 사람은 거침없이 남궁세가의 장원을 향해 치달았다.

"열어라. 급보다!"

미처 장원의 정문이 보이기도 전에 말 위에서 굴강한 모습의 사내가 소리쳤다.

그러자 세가의 정문이 지체하지 않고 열렸다.

광풍처럼 말을 달려온 자가 약간의 망설임도 없이 화살처럼 정문을 관통했다.

"대체 무슨 일이지?"

정문을 지키던 경비 무사 한 명이 놀란 듯 중얼거렸다.

"그러게 말이야. 분명 다급한 일이 벌어진 것이 분명해. 본래 마 대협은 행보가 무척 신중한 분이신데. 저렇게 서두시는 것은 처음 보는군."

동료 경비 무사도 고개를 저었다.

그들은 모르고 있었다.

이날 남궁세가에서 흔치 않은 타성의 고수 마방지가 가져온 소식 하나가 얼마나 큰 혼란을 가져올 것인지.

제7장
놓칠 수 없는 미끼

　그를 가장 잘 표현하는 말이 있다면, 그건 세상에서 검법에 대해 가장 많이 아는 사람이라고 말할 수 있을 것이다.

　만검(萬劍) 남궁선.

　만 가지 검법을 안다고 해서 붙여진 별호다.

　그러나 검법을 안다는 것과 검법을 펼칠 수 있다는 것은 다르다.

　그가 만 가지 검법을 아는 이유는 그의 가문이 수백 년 동안 검을 연구해 온 문파이기 때문이다.

　그들은 자기 가문의 검법을 발전시키기 위해 천하무림에 산재하는 검법들을 끌어모았다.

　저잣거리의 삼류 건달이 쓰는 검법부터, 극악한 마인의 검법까지. 이 가문은 모을 수 있는 모든 검법을 끌어모았다.

그리고 그 검보들을 살펴 자파의 검법을 끊임없이 발전시켰다.

그 결과가 지금 그들의 모습이다.

천하구패 남궁세가.

강호 무림에는 혈연으로 이어지는 수많은 문파가 있지만, 그중 단연코 남궁세가가 제일 앞에 선다.

그 어떤 혈족의 무가도 남궁세가 앞에 설 수 없었다.

유구한 역사 속에서 뛰어난 족적을 남긴 수많은 고수들… 남궁세가의 역사가 곧 그들의 힘이었다.

그리고 천하에 만 가지 검법을 안다고 알려진 사람, 남궁선이 바로 대남궁세가의 당대 가주다.

"확실히 확인했나?"

천하의 모든 검법을 알고 있다는 남궁선이 오늘만큼은 얼굴에 새겨진 의구심을 지우지 못했다.

그는 몇 번이고 소식을 가져온 자, 타성으로서는 남궁세가에서 입지전적인 지위에 오른 마방지에게 물었다.

"그렇습니다. 확실합니다."

오래전 칠마의 난 초기 젊은 시절의 남궁선에게 목숨을 구원받고 스스로 남궁세가의 가신이 된 마방지가 대답했다.

남궁선에 대한 그의 충성심은 세가 내에서 비교할 자가 없었다.

그러므로 남궁선 역시 마방지를 절대적으로 믿었다. 하지만 오늘은 그의 말에 의문을 가질 수밖에 없었다.

"자네가 그렇다면 그런 것인데… 대체 그자가 왜?"

남궁선이 스스로에게 질문하듯 물었다.

"이유는 알 수 없습니다. 하지만 분명 음양교의 그 음마가 분명합니다."

마방지가 살기를 드러내며 말했다.

"그자가 미치지 않고서야 감히 본 가의 세력권 안에 모습을 드러낼 리가 없지 않은가? 아무리 찾아도 보이지 않아서 세외로 도주한 줄 알고 있었는데. 더군다나 서른 가까이 되는 무리를 데리고… 이건 마치 날 잡으러 와보라는 시위 같지 않은가."

의심이 들 수밖에 없는 상황이다.

마방지가 가져온 소식은 몇 해 전부터 새삼스럽게 남궁세가의 추격을 받고 있는 음양교의 인왕 홍광에 대한 것이었다.

북화문에 나타나 한바탕 난리를 피운 후 홍광은 남궁세가의 제일적이었다.

칠마의 난이 끝난 후 음양교의 잔당 토벌에서 남궁세가의 고수들에게 죽었다고 알려졌던 홍광이다.

그 홍광이 이십 년을 격하고 모습을 드러냈을 때, 남궁세가의 고수들은 수치심에 몸을 떨었다.

음양교의 삼대법왕을 척살했다고 공언했던 남궁세가다. 그 성과는 무림맹에서도 가장 큰 공적으로 인정받아 남궁세가는 당당히 구패의 일원이 되었다.

그런데 그중 한 명이 살아 나타났으니 남궁세가의 체면이 땅에 떨어지는 일이었다.

그래서 그가 다시 나타난 이후 그 누구보다 인왕 홍광을 추격하는 데 전념한 남궁세가였다.

하지만 몇 번 종적을 드러냈던 홍광은 근 일 년여 동안 더 이상 나타나지 않고 있었다.

개방에까지 부탁해 그의 흔적을 찾았지만 강호 무림 어디서도 홍광의 흔적은 보이지 않았다.

그래서 이즈음은 그가 무림의 추격을 피해 세외로 도주했을 거란 추측이 힘을 얻고 있었다.

그런데 그 인왕 홍광이 버젓이 남궁세가의 권역에 모습을 드러낸 것이다.

그것도 도망자답지 않게 서른 명이나 되는 수하들을 거느리고.

그러니 홍광의 속내를 의심하지 않을 수 없었다.

"도대체 무슨 속셈인가?"

남궁선이 다시 혼잣말로 중얼거렸다.

그러자 마방지가 조심스럽게 대답했다.

"혹 마맹과 관련이 있지 않을까요?"

"마맹?"

"그렇습니다. 예전에야 비빌 언덕이 없었으니 숨어 살아야 했지만 최근에는 사정이 달라지지 않았습니까?"

"그자가 마맹에 들어갔다?"

남궁선이 중얼거렸다.

"당연한 일 아니겠습니까? 애초에 음양교는 십육마문 중에서도 중추적인 문파였으니……."

"음, 그렇군. 그렇게 된 것일 수 있겠군. 지금 무림천하 곳곳에서 마맹의 잔당들이 준동하고 있으니… 하지만 그렇다면 그자가 크게 실수한 것이지."

"맞습니다. 반면 본 가에는 좋은 기회입니다. 숲으로 숨은 사냥감이 스스로 초원에 모습을 드러냈으니 말입니다."

마방지가 사냥감의 냄새를 맡은 사냥개처럼 말했다.

"아쉬운 것은 무림맹에 본 가의 사람이 너무 많이 나가 있다는 것이야. 본 가에 남아 있는 사람들로 토벌대를 꾸리면 본 가의 경비가 허술해질 터인데……."

남궁선이 걱정스러운 표정으로 말했다.

"그렇다고 그자가 활개치고 돌아다니는 것을 방치할 수는 없지 않습니까?"

"그렇긴 하지. 후우… 어쩔 수 없이 어른들께 도움을 청해야 하나……."

남궁선이 곤혹스러운 표정을 지었다.

남궁선 역시 칠십에 육박하는 나이다. 그가 어른이라 부르는 사람이라면 그보다 한 배분 위의 세가 고수들. 이제는 몇 명 남아 있지 않은 전대의 남궁세가 검객들이다.

그들은 거의 대부분 세가의 일에서 손을 씻고 세가 뒤편 산속에 은거해 생의 마지막을 무도에 대한 참구에 매진하고 있었다.

"추격은 저희가. 세가의 안위를 그분들께 부탁드리지요."

"음, 나쁘지 않군. 단지 출행을 알리는 것으로 족할 테니. 만약의 일에 대비해 본 가 쪽에 시선을 두어주십사 부탁하는 정도로. 한 분 정도 함께 가시는 것으로 해서. 그자 주변에 대단한 고수가 있을 수도 있으니……."

남궁선이 고개를 끄떡였다.

"그럼 추격대를 꾸릴까요?"

"좋아. 사람들을 모아보게."

남궁선이 명을 내렸다.

"알겠습니다. 시행하겠습니다."

마방지가 다부진 표정으로 대답했다.

대남궁세가로부터 삼 일 길을 달리면 육면체의 바위들이 일부러 쌓아놓은 것처럼 빼곡하게 하늘로 치솟는 깊은 계곡이 존재한다.

그 바위들의 신비로운 형상으로 인해 석곡이라 불리는 곳인데, 홍수가 지면 석곡 사이로 거대한 급류가 흘러 내려가 장강으로 쏟아져 들어간다.

그러나 평시에는 물이 적어서 어른이 바짓가랑이를 걷으면 능히 무릎 아래 적시는 정도로 건널 수 있는 수량이 전부였다.

그럼에도 사람들은 석곡을 멀리서 바라볼 뿐 그 계곡 안으로 쉽게 들어가지는 않는다.

석곡이란 곳이 멀리서 바라볼 때는 기경이지만 가까이 가면 음습한 바위 계곡일 뿐인 게 한 가지 이유였다.

또 다른 이유는 가끔 상류 지방에 소나기라도 내리면 마치 여름 태풍이 몰고 온 비바람이 여러 날 비를 뿌린 것처럼 급격하게 계곡의 수량이 늘어나서이다. 갑작스레 불어나는 그 거친 물살에 휩쓸려 목숨을 잃은 자들이 여럿 있을 정도였다.

일단 석곡 안으로 들어가면 급류를 피할 장소가 많지 않아, 더욱 위험했다.

덕분에 평시에도 사람의 인적이 드문 석곡이다.

그런 석곡에 언제부터인가 사람들의 인기척이 느껴지기 시작했다.

어스름한 저녁 무렵, 석곡 밖은 석양으로 붉게 타오르고 있었지만 그 안은 이미 어둠이 깔려 있었다.

스스스!

석양을 등지고 나타난 한 사내가 바위에 연기가 스미는 듯 석곡 안으로 스며들었다.

사내는 금세 석곡의 어둠에 동화됐다.

그리고 어둠 속에서 사내와 같은 자들이 모습을 드러냈다.

그러자 사내가 그 자리에 부복했다.

"귀곡의 곡주님을 뵙습니다."

"그대가 마해밀도의 사람인가?"

"그렇습니다."

사내가 대답했다.

"전하라."

귀곡 두 곡주 중 한 명인 귀수 선불이 명했다.

"인왕께서는 반나절 거리에서 계십니다. 남궁세가는 추살대를 구성했고, 문주인 만큼 남궁선이 직접 장원을 나섰다고 합니다."

"그래? 그럼 아예 남궁세가를 치는 것이 나은 것인가?"

귀수 선불이 중얼거렸다.

그러자 사내가 고개를 저었다.

"그건 위험할 듯합니다."

"이유가 뭐지? 만검 남궁선이 떠난 남궁세가는 무주공산일 터인데?"

"남궁선이 장원을 나서기 전 은거한 전대의 남궁세가 검객들을 불러냈다고 합니다. 그들 대부분은 추살대에 포함되는 대신 세가를 지킨다고 합니다."

"그 늙은이들? 몇이나 되는데. 살아 있는 자들이 그리 많지 않을 텐데?"

"마해류를 움직여 파악한 바로는 다섯은 넘고 열은 되지 않는다고 합니다."

"그럼 걱정할 바가 아니지 않을까?"

귀수 선불이 고개를 갸웃했다.

그러자 어둠 속에서 다른 노인의 목소리가 들렸다.

"숫자가 적어도 그들의 검공은 결코 무시할 수 없소이다. 그자들은 남궁선이 가주가 된 이후 일선에서 은거해 검도만 수련한 자들이오. 무공으로는 남궁선을 능가하는 자가 여럿 있을 것이오."

말을 한 자가 희미하게 얼굴을 드러냈다.

만독문의 문주 엄충이다.

"물론 그들의 검공이 남궁선을 넘어설 수도 있소. 하지만 그 숫자가 겨우 십여 명 안쪽… 남궁세가를 불태우는 것이 우리에겐 훨씬 효과적이지 않겠소?"

귀수 선불이 자신의 주장을 굽히지 않았다.

"하지만 이미 약속이 돼 있는데⋯⋯."

엄충은 귀수 선불의 계획이 탐탁지 않은 표정이다.

모든 계획은 이미 정해져 있었다.

그리고 이 계획은 마맹을 떠날 때 맹주 후금과 신마령주가 동의한 계획이다. 그 계획을 함부로 바꾸었다 일이 잘못되면 큰 비난을 받을 수 있었다.

"옛말에 이런 말이 있지 않소. 전장의 장수는 때로는 왕의 명령도 거역할 수 있었다. 뛰어난 장수란 상황에 따라 능란하게 전술을 바꿀 수도 있어야지 않겠소?"

"그럼 이곳으로 남궁세가의 고수들을 유인해 온 인왕은 어찌하오? 우리가 떠나면 그는 꼼짝없이 석곡에 갇혀 추살대에게 죽을 것이오."

"그야 뭐⋯ 일에는 늘 희생이 따르는 법이니."

과연 마인답다.

같은 마맹의 식구이고, 이번 남궁세가의 공략에서 가장 중요한 역할을 맡은 인왕 홍광의 목숨 따위는 자신이 신경 쓸 바 아니라는 태도다.

그러자 만독문의 문주 엄충이 귀수 선불에게 신중한 표정으로 충고했다.

"귀수께서는 끝내 마맹의 주인이 되실 생각이 없으시오?"

"그건 또 무슨 말씀이오?"

귀수 선불이 의아한 표정으로 물었다.

"한 무리의 우두머리가 되려면 같은 무리의 사람들에게 믿음과 신뢰를 얻어야 하오. 그건 정파나 우리 같은 마도나 마찬가지요. 지금이야 구중천주가 맹주의 자리에 있어서 기회가 없다 생각하실지 모르지만, 사람의 일이란 알 수가 없는 것이오. 언제 구중천주에게 일이 생겨 새로운 맹주가 필요할 수도 있고……."

"음……."

엄충의 심각한 충고에 귀수 선불이 나직하게 침음성을 흘렸다.

"끝내 마맹을 구성하는 일문의 수장으로서 살아가시려면 당장 남궁세가로 달려가 통쾌하게 주인 없는 장원을 불태울 수도 있을 것이오. 구중천주가 화산에서 그러했듯이. 하지만 미래를 생각하면 그건 결국 손해가 나는 일이오. 마맹 형제들의 신뢰를 잃을 것이니 말이오."

"하… 엄 문주의 충고를 듣고 보니 내가 생각이 짧았소이다. 구중천주가 화산의 상청궁을 태운 것이 못내 부러웠나 보오이다. 그런 치기가 아직 남아 있다니 부끄럽소이다."

"아니외다. 무인으로서 어찌 호승심이 없을 수 있겠소이까. 하지만 우리 나이도 적지 않으니 일을 크게 보십시다. 나야… 앞에 나설 생각이 없지만."

"만독문의 힘은 사실 세상에서 가장 무섭지요. 그럼에도 불구하고 문주께서 권력에 욕심을 내지 않으시고 우리 귀곡의 두 사람을 도와주시니 고마울 따름이외다."

귀수 선불이 항상 귀곡이수를 후원해 주는 엄충에게 고마움을 표시했다.

그러자 엄충이 대답했다.

"무림에서 독(毒)은 특별한 위치에 있지요. 혹자는 무공으로 보지 않기도 하고… 그래서 독인은 무림의 패자가 된 적이 없소이다. 독인이 무림의 패권을 넘보는 순간, 정사를 막론하고 무림공적이 되기 십상이지요. 전 그런 독인의 한계를 너무 잘 알고 있소이다."

"하아… 사람의 선입견이란……."

안타까운 듯 말하지만 사실은 만족한 미소가 눈가에 머무는 귀수 선불이다.

"뭐, 아쉬울 것도 없소이다. 난 태생이 앞으로 나서길 좋아하는 성격이 아니라서. 그래도 내 눈으로 귀곡이수 두 분을 도와 마맹이, 천하가, 우리 앞에 무릎 꿇는 것을 보면 좋겠소이다."

"최선을 다해봅시다."

선불이 대답했다.

"그러자면… 어쨌거나 이곳에서 남궁세가의 추살대에 큰 타격을 줘야 할 것이오. 남궁세가가 한동안 다른 일에 신경 쓸 수 없게 말이오. 마룡군도 만무회를 공격할 텐데 그들보다야 성과가 좋아야지 않겠소이까?"

"당연한 일이오. 그런데… 맹주란 사람 참……."

선불이 실소를 흘렸다.

"상천곡에 머물고 있는 것을 두고 하시는 말씀이구려."

엄충이 금세 선불의 마음을 읽었다.

"맞소이다. 맹주란 사람이 그리 겁이 많아서야……."

"그가 겁이 많기는 하지요. 하지만 지금 같은 시대에는 그런 그의 성격도 자신에게는 도움이 될 겁니다."

"무슨 뜻이오?"

선불이 되물었다.

"사실 마맹은 결속력이 강한 집단이 아니오. 혼마 님이 아니라면 이렇게 한데 모일 사람들도 아니고. 그러니 마맹의 사람들 중 그에게 진심으로 충성을 다하는 사람이 몇이나 되겠소이까?"

"구중천 내부의 사람들을 빼면 거의 없다고 봐야 할 거요."

"그러니 조심해야지요. 맹을 비웠다가 무슨 일을 당할지 누가 알겠소이까?"

"그 말은… 하아… 정말 그럴 수도."

선불이 무엇인가를 깨달은 듯 고개를 끄떡였다.

"상천곡을 벗어나면 우연히 죽음을 맞을 이유가 수천 가지… 상천곡 안에서 자리를 지키고 앉아 있는 것이 백번 안전하지요. 후후."

엄충이 나직하게 실소를 흘렸다.

"뭐… 시간은 많으니……."

선불도 덩달아 차가운 미소를 흘렸다.

잠시 서로만이 그 의미를 알 수 있는 웃음을 흘리던 엄충이 문득 조금 거리를 두고 있던 마해밀도의 마인을 불렀다.

"이리 오게."

엄충의 부름에 마해밀도의 마인이 미끄러지듯 두 사람 앞으로 다가왔다.

"정확히 이틀 뒤 자정일세. 그때 석곡으로 들어오라고 전하게."

"이… 틀이요?"

"문제가 있나?"

"말씀드렸듯이 인왕께서는 반나절 거리에 계신데……."

"허어, 바로 석곡으로 오면 남궁선, 그 노련한 자가 분명 의심할 걸세. 몇 차례 형식적으로라도 싸워야지. 이후 못 이기는 척하고 이리로 후퇴해 와야 그들이 물불 안 가리고 추격할 것 아닌가."

"그야… 그렇지만 과연 인왕께서 어찌 생각하실지."

마해밀도의 마인이 확신을 갖지 못하겠는지 주저했다.

"그가 내 말을 듣고 안 듣고는 자네 책임이 아니네. 자넨 가서 내 말을 전하기만 하면 돼. 그의 생각이 다르다면 그 생각을 다시 내게 가져오면 되는 것이고."

생각하지 말고 말만 전하라는 뜻이다.

"알겠습니다."

마해밀도의 마인이 엄충의 말대로 더 이상 자신의 생각을 입에 올리지 않고 대답했다.

"가보게."

"예."

마해밀도의 마인이 대답을 하고는 그가 계곡으로 들어왔던 방법 그대로 어둠 속으로 스며들어 사라졌다.

그런 사내를 보고 있던 엄충이 중얼거렸다.

"정작 문제는 구중천주가 아닌 듯하외다."

그러자 귀수 선불이 대답했다.

"맞소이다. 정작 무서운 상대는 신마령주요. 그는 이미 마해오객과 마해밀도를 완벽하게 장악한 것 같구려."

"후우··· 어쩌면 훗날 우리가 구중천주 대신 마맹을 장악한다 해도 결국 그 위에 신마령주가 군림하는 것이 아닐지 모르겠소."

"그거야 나중 일 아니겠소?"

선불이 담담하게 말했다.

"하긴··· 신마령주가 혼마 본인도 아니고······."

엄충의 눈에 살짝 녹색 기운이 스치고 지나갔다.

                  *   *   *

엷은 청색 무복이 눈부시다.

햇살을 반사하는 비단 천의 무복이어서 더욱 그런 듯했다.

모두가 한 사람 같은 청색 무복을 입은 사람들. 허리에는 또 거의 같은 모양의 장검들이 매달려 있다.

모두 헌칠한 체구를 가지고 있었고, 얼굴에는 자부심이 가득했다.

그들을 태운 말들조차도 도도하게 고개를 들고 전진하고 있었다.

대남궁세가의 검객들이다.

그리고 그들의 정중앙에 만검 남궁선이 위치해 있었다.

두두두!

가볍게 달리는 말발굽 소리지만, 수십 마리의 말이 동시에 내는 소리는 천둥처럼 무겁다.

"워!"

한순간 남궁세가의 검객들이 일제히 말을 세웠다.

마치 오래전부터 연습을 해온 것처럼 말들이 동시에 걸음을 멈췄다.

그들 앞으로 한 명의 검은색 무복 사내가 달려왔다.

남궁세가의 검객들의 청색 무복과는 어울리지 않은 모습이지만, 사내 역시 남궁세가의 무인이다.

마방지와 함께 남궁 성씨가 아닌 타성의 성씨로서 삼대고수로 꼽히는 임자득이다.

다른 한 명은 백구원이라는 인물인데, 그는 장원에 남아 남궁선의 아우 남궁악과 전대 고수들을 도와 세가의 본거지를 지키고 있었다.

"문주님!"

임자득이 남궁세가 검객들의 사이를 뚫고 들어와 남궁선 앞에서 고개를 숙였다.

"어서 오게. 놈들은?"

"오 리 밖에 있습니다."

"우리가 오는 줄 알고 있을까?"

"밤에 출발하셨고, 쉬지 않고 말을 달려오셨으니 아직은 모를 겁니다. 다만 삼사 리 안으로 들어서시면 반드시 알게 될 것입니다. 그 정도 거리를 두고 은밀히 경비 무사를 움직이고 있는 듯합니다."

"그들을 벨 수 없을까? 조용히……."

"쉽지 않을 것 같습니다. 워낙 음흉한 자들이라."

임자득이 대답했다.

그때 남궁선 옆에 있던 초로의 노인이 입을 열었다.

"문주님, 그깟 놈들 죽이는 데 무슨 기습이 필요하겠습니까? 위치가 확인된 이상 전광석화처럼 달려가 놈의 도주로를 차단하고 포위하면 그만 아니겠습니까?"

입을 연 노인은 남궁찬, 남궁선의 사촌뻘 되는 인물이다.

검법은 누구 못지않게 고강하지만, 성격이 급하고 불같은 것이 항상 단점으로 지적되는 인물이다.

젊어서야 젊은 치기라지만 나이가 든 지금까지도 이런 모습인 것은 그의 부족함을 드러내는 일이었다.

"아우님, 또 급한 성정이 도지셨군."

다른 노인 하나가 남궁찬을 제지했다.

노인은 남궁찬과 달리 생김새부터가 차분했다. 그의 성격 역시 외모대로 차분한 것으로 알려진 인물이다.

남궁요. 문주 남궁선과 같은 배분의 인물로 남궁선이 가장 믿는 친인들 중 하나다.

"요 형님, 제가 뭘 또 잘못했습니까?"

남궁찬이 불만스러운 표정으로 물었다.

그러자 남궁요가 침착하게 말했다.

"난세일세. 아니라고는 해도 마도의 부활은 세상을 혈란으로 이끌어갈 거야. 이런 시절에는 가문의 사람 하나라도 지켜내는 것이 중요하네. 문주께서 그깟 음마 한 명 처리하는 게 어려워서 기습을 말씀하시는 것이 아닐세. 정면으로 들이치면 그자를 죽인다 해도 본 가의 사람들 역시 얼마간은 다칠 것을 걱정하시는 것이지."

"아… 그, 그런 건가요?"

남궁요의 설명에 남궁찬이 겸연쩍은 표정을 지으며 되물었다.

"항상 말하지만 사람이 말을 할 때는 한 번 더 생각해 보고 말을 해야 하네. 말 한마디가 사람의 목숨을 살릴 수도 있고 죽일 수도 있어."

"쩝… 에이, 뭐 어쩝니까? 육십이 넘도록 이 모양인데 고쳐지겠습니까?"

남궁찬이 자포자기한 표정으로 말했다.

그의 말에 긴장하고 있던 남궁세가 검객들의 얼굴에 작으나마 웃음기가 생겼다. 의도치 않았지만 남궁찬의 말이 추살대의 긴장감을 풀어준 것이다.

그 모습을 보고 있던 문주 남궁선이 좀 더 여유를 찾은 모습으로 말했다.

"요 아우님이 내 생각을 정확하게 읽으셨네. 나로서는 한 사람의 식솔이라도 피해를 줄이고 싶네. 하지만 방법이 없다면 어쩔 수 없는 일이지. 단, 목표를 하나로 설정하세. 인왕 홍광이면 족해."

남궁선이 말했다.

"포위할 필요는 없겠군요."

남궁요가 말했다.

"마도의 무리네. 세력이 불리하고 자신들이 목표가 아니라는 것을 알면 그 음마를 버리고 도주할 걸세."

"하긴 마도의 무리에 충성심이 있을 리 없지요."

이번에는 남궁찬이 고개를 끄떡였다.

"난 전체의 전황을 살피겠네. 위급한 식솔이 있으면 돕고. 음마를 발견하면 그자를 두 아우님에게 맡기겠네. 후미에 오시는 중현 숙부님까지 고생하시는 일이 없도록 알아서들 끝내시게."

남궁선의 말에 남궁찬과 남궁요의 표정에 전의가 일어났다.

"맡겨주시니 고맙습니다, 문주님!"

남궁찬은 남궁선이 인왕 홍광을 자신들에게 맡긴 것이 못내 기쁜 모양이었다.

그런 대마두를 벨 수 있다면 그건 무인으로서 큰 영광이었다.

"대신 반드시 잡아야 하네."

"걱정 마십시오. 그따위 음마, 저 혼자로도 충분합니다. 하물며 요 형님과 함께라면야……"

남궁찬은 승리를 확신했다.

"방심은 금물, 일단 그자를 만나면 최선을 다해야 하네."

남궁선이 주의를 줬다.

"물론이죠. 제가 평소에는 덜렁거려도 검을 쓸 때는 또 다르지 않습니까?"

남궁찬이 허리춤의 검을 가볍게 두드리면서 말했다.

"그래. 그것이 찬 아우님의 장점이지. 그럼 출발하지."

남궁선이 가볍게 미소를 지어 보이고는 남궁세가의 검객들에게 출발을 명했다.

잠시 멈춰 섰던 말들이 다시 움직이기 시작했다.

두두두!

다시금 땅 위에서 천둥 소리가 일어났다.

*　　　　　*　　　　　*

"이틀?"

인왕 홍광이 눈썹을 꿈틀거렸다.

"그렇습니다."

얼마 전 석곡에 매복한 마맹의 고수들을 만나고 온 마해밀도의 마인이 마치 자신이 잘못이라도 한 사람처럼 고개를 숙이며 대답했다.

"하! 이자들 봐라?"

홍광의 얼굴이 쓴 약을 마신 사람처럼 일그러졌다.

"우리보고 스스로 사냥감이 되라는 말입니다. 이틀이나 시간을 끌려면 살아남는 사람이 별로 없을 겁니다. 그것도 남궁세가의 늙은이들이 유인책이라는 것을 눈치채지 못하게 하려면 더욱……."

홍광의 오래된 수하 서요광이 분노에 찬 목소리로 말했다.

"이자들이… 우리 음양교를 우습게 봐도 너무 우습게 보는군. 우리 따위는 죽든 살든 상관없다는 뜻 아닌가?"

홍광 역시 분노의 빛을 숨기지 않았다.

"귀곡이수는 본래 성정이 각박한 사람들입니다. 마도의 인물들이라고는 해도 사람 귀한 줄 모르지요. 아마도 그래서 혼마께서 구중천주를 마맹의 맹주로 지목했을 겁니다. 구중천주가 겁은 많아도 사람 다룰 줄은 아는 인물이 아닙니까?"

최근 들어 인왕 홍광의 양대 심복을 꼽으라면 서요광과 지금 입을 연 공손량이다.

이들은 과거에는 그리 대단한 대접을 받지 못했지만 북화문

공략에 실패한 홍광이 무림의 추격을 받을 때 끝까지 그의 곁을 지켜 이제는 그 누구보다 홍광에게 신임을 받고 있었다.

"하긴 그래. 처음에는 혼마 님의 결정이 이해가 가지 않았지만, 시간이 지나고 보니 귀곡이수에 비해 구중천주가 나아. 만약 귀곡이수가 마맹의 맹주가 되었다면 모든 일을 자기들 뜻대로 하려 했을 거야. 뭐가 그리 잘났다고……"

홍광이 투덜거렸다.

"두 법왕께서 합류하시면 우리 음양교가 마맹의 패권을 장악할 수도 있을 텐데요."

공손량이 조심스럽게 말했다.

"제길, 누가 그걸 모르나. 하지만 천왕과 지왕은 아직은 마맹에 들 때가 아니라고 합류하기를 거부하니 할 수 없지. 그들은 왜 혼마 님을 신뢰하지 않는 걸까?"

홍광이 고개를 갸웃했다.

"아마도 칠마의 난 이후 우리 음양교가 교주님을 잃고 도주할 때 혼마 님의 도움이 없었기 때문이 아닐까요?"

"그 당시 이미 패망한 십육마문은 각자도생을 하고 있었어. 누가 누굴 도울 처지가 아니었지."

홍광이 스스로 혼마를 변명했다.

"그렇기는 해도 혼마께서는 당시 본 문의 생존자들과 가까이 계셨다고 알고 있습니다."

"뭐… 그렇긴 하지. 하긴 서운한 일이기는 해……"

홍광이 고개를 끄떡였다.

"하지만 과거는 과거, 다시 마도가 하나로 뭉쳤는데 음양교만 분열되어 있으니 안타까운 일입니다."

공손량이 진심으로 아쉬운 표정을 지었다.

"그러게. 사람들이 시류를 알아야 하거늘……."

홍광이 혀를 찼다.

그때 멀리서 음양교의 마인 한 명이 부리나케 달려왔다.

"인왕님!"

"오고 있나?"

홍광이 급히 물었다.

"오 리 안쪽으로 들어왔습니다."

"그래… 그럼 산골짜기로 조금씩 물러난다. 그곳에서 잠시 싸움을 하다가 석곡 방향으로 퇴각한다."

"하면……?"

듣고 있던 마해밀도의 마인이 놀란 표정으로 입을 열었다.

분명 귀곡이수 귀수 선불은 이틀의 시간을 두고 석곡으로 적을 유인하라고 했었다.

그런데 바로 석곡으로 퇴각하면 겨우 반나절, 길어야 하루 낮 정도의 시간밖에 없었다.

"알아서들 하라고 해. 그곳까지 남궁세가의 늙은 것들을 유인하면 내 일은 끝나는 거니까."

"……."

"왜 내 말은 말 같지 않아? 귀수 선불이 마호군의 우두머리 같은가?"

홍광이 불쾌한 표정으로 대답 없는 마해밀도 마인에게 물었다.

그러자 마해밀도의 마인이 급히 머리를 조아렸다.

"아닙니다. 제가 어찌 인왕님을!"

"그럼 가서 그대로 전해."

홍광이 싸늘하게 말했다.

"예, 인왕님!"

마해밀도의 마인이 얼른 대답을 하고는 더 있다간 홍광에게 무슨 일을 당할지 모른다는 표정으로 황급히 장내를 벗어났다.

"후후, 그자들이 아주 곤욕스럽겠군. 내가 자신들 뜻대로 움직여 주지 않으니……."

홍광이 실소를 흘렸다.

"우리의 피해를 최대한 줄여야 합니다."

서요광이 눈빛을 반짝이며 말했다.

"그러게 말이야. 자, 그러자면 미리 움직이자고……."

홍광의 말에 음양교의 마인들이 일제히 뒤로 물러나기 시작했다.

* * *

두두두!

거친 말발굽 소리가 숲을 울렸다.

그 소리를 따라 남궁세가의 검객들이 숲에서 벗어났다.

북쪽으로 산들이 이어져 있어, 자연스레 산과 산 사이에 깊은 골들이 형성되어 있는 지형이었다.

"어느 쪽이냐?"

남궁선이 말 위에서 앞서가던 척후 무사에게 물었다.

"우리가 오는 걸 알아챘나 봅니다. 저 두 산 사이 골짜기로 도주했습니다."

척후 무사가 대답했다.

그러자 남궁선의 얼굴에 아쉬운 빛이 보였다.

"아쉽군. 이래서 기습이 필요했는데… 도주하는 자들을 추격하다 보면 우리 전열도 흐트러질 것이고, 반격을 받으면……."

남궁선이 말꼬리를 흐렸다.

"그래도 아니 갈 수 없지 않습니까?"

남궁찬의 눈은 이미 전의에 불타고 있었다.

"음."

남궁선이 고개를 끄떡였다.

"말씀하신 대로 제가 선봉에 서지요."

다시 남궁찬이 말했다.

"그러시게. 대신 성급하지 말고. 조심하게."

"걱정 마십시오."

남궁찬이 가볍게 미소를 지어 보였다.

"수고하게."

남궁선이 믿는다는 듯 고개를 끄떡였다.

"몇 명은 나와 앞서가자."

남궁선의 허락을 받은 남궁찬이 힘차게 말을 몰아 나가며 소리쳤다.

그러자 남궁세가의 고수들 중 십여 명이 바람처럼 말을 몰아 남궁찬의 뒤를 쫓기 시작했다.

"저도 뒤를 따라가겠습니다."

남궁요가 여전히 남궁찬의 조급한 성정이 못 미더운지 남궁선을 보며 말했다.

"그러게. 기습이라도 받으면 위험할 테니. 모두 서둘러라. 앞서 간 선봉과의 거리를 일 리 안쪽으로 유지한다."

"예, 가주!"

남궁세가의 검객들이 일제히 대답했다.

그사이 이미 남궁요는 앞서간 남궁찬의 뒤를 쫓아 두 개의 산이 만들어내는 골짜기를 향해 말을 달리고 있었다.

*   *   *

"열?"

갑자기 인왕 홍광이 달리던 걸음을 멈췄다.

"그렇습니다."

후미에서 뒤를 경계하며 남궁세가 검객들의 추격 상황을 살피던 자가 급히 대답했다.

"본대와의 거리는?"

"일 리 안쪽입니다."

"일 리라… 제길, 너무 짧은걸?"

홍광이 고개를 갸웃했다.

"어찌할까요?"

서요광이 물었다.

그러자 홍광이 잠시 생각에 잠겼다가 씨익 미소를 지었다.

"이 골짜기의 중간에 위태로운 절벽이 있지?"

"그렇습니다. 비만 오면 거대한 바윗덩어리들을 절벽에 떨어져 나와 길을 막을 정도지요."

"좋아. 그걸 이용한다."

"절벽을요? 아!"

갑자기 서요광이 탄성을 흘렸다.

"어때, 괜찮지?"

"훌륭한 계책이십니다."

"그래 봐야 시간을 그리 많이 만들 수는 없을 거야. 이각 정도?"

"그 정도면 선봉에 선 자들을 주살하는 것도 가능할 겁니다. 비무가 아니라면……."

"이 지경에 비무를 하고 있을 수는 없지. 모든 수단을 동원한다."

"예, 주군!"

서요광이 흥분한 기색으로 대답했다.

두두두!

남궁찬이 이끄는 남궁세가의 선봉대가 무서운 속도로 위태로운 골짜기를 질주했다.

길이 매끈한 것은 아니지만 사람의 왕래가 아주 없었던 것은 아니어서 말을 달리는 데는 전혀 무리가 없었다.

더군다나 골짜기 중간쯤 왔을 때부터는 추격의 대상들이 보이기 시작했다.

추격이 더 급해질 수밖에 없었다.

"좋아. 드디어 보이는군. 좀 더 속도를 높여라. 협곡을 벗어나면 어디로 숨어들지 모른다."

남궁찬이 호기로운 목소리로 소리쳤다.

그리고 먼저 자신을 태운 말을 독려했다.

"이놈아, 어서 가자. 늙은 음마가 저기 있구나."

남궁찬은 이미 사냥에 성공한 사냥꾼과 같았다.

그의 얼굴에 흥분한 기색이 가득했다.

칠마의 난 시절부터 명성을 날려온 홍광이다.

죽은 줄 알았던 그가 나타나 남궁세가를 곤란하게 만들었지만, 오늘 자신의 손에 그가 죽는다면 그건 남궁찬의 인생에서 가장 화려한 업적이 될 터였다.

두두두!

남궁세가의 검객들이 바람처럼 말을 몰았다.

반면 이미 오랜 시간 도주를 해서인지 음양교 마인들의 달리는 속도가 현저하게 느려져 있었다.

덕분에 남궁찬과 십여 명의 남궁세가 검객들은 금세 음양교 마인들의 꼬리를 잡았다.

"이놈들 거기 섰거라!"

적과 근접하자 남궁찬의 사자후가 터져 나왔다.

순간 그의 경고를 들은 음양교 마인들이 당황한 듯 전열이 흐트러졌다. 좁은 협곡에서조차 각자 살길을 찾으려는 듯 이리저리 흩어지는 모양새였다.

남궁찬의 눈에는 다른 마인들은 눈에 들어오지 않았다. 그의 눈에는 오직 한 사람만 들어왔다.

　한눈에 봐도 그가 누군지 알 수 있는 마두, 인왕 홍광이었다.

　"간악한 음적 홍광은 거기 섰거라. 남궁세가의 남궁찬이 네 머리를 가지러 왔다."

　남궁찬이 질풍처럼 말을 몰며 소리쳤다.

　그런데 그 순간 전혀 예상치 않은 일이 벌어졌다.

　마치 남궁찬의 말에 순응하듯 인왕 홍광이 도주를 멈추고 그 자리에 멈춰 선 것이다.

　그뿐이 아니었다.

　사방으로 흩어지는 것 같던 음양교의 마인들이 다시금 홍광의 주변으로 빠르게 모여들기 시작했다.

　홍광은 다시 모이는 수하들 중간에서 비릿한 미소를 지으며 달려오는 남궁찬을 바라보고 있었다.

제8장
쫓는 자와 쫓기는 자

쿠쿠쿵!

마치 여름 장마에 산사태가 일어난 듯 거대한 굉음이 등 뒤에서 들려왔다.

그 순간 남궁찬은 뭔가 잘못되었다는 것을 깨달았다.

"절벽이 무너졌습니다."

남궁찬의 뒤를 따르던 세가의 무사 한 명이 소리쳤다.

"절벽이?"

남궁찬이 급히 시선을 돌렸다.

그러자 과연 적지 않은 양의 먼지가 일어나면서 그들이 지나온 협곡 한쪽 절벽이 무너져 길을 막은 것이 보였다.

"길이 막혔습니다."

다른 무사가 당황한 표정으로 말했다.

누가 봐도 함정이다.

선봉과 본대를 갈라놓고 기습을 하려는 것이 분명했다.

남궁세가 무사들 얼굴에 당황한 기색이 역력했다. 호기롭게 인왕 홍광을 추격하던 기세는 간 곳이 없다.

그러나 적어도 남궁찬은 금세 본색을 회복했다.

"너무 걱정 마라."

"하지만……."

세가의 무사들은 남궁찬의 말에도 불안감을 감추지 못했다.

그러자 남궁찬이 정색을 하며 말했다.

"잘 보거라. 비록 절벽이 무너져 말이 넘지는 못하겠지만 사람은 넘을 수 있는 위치다. 더군다나 거리도 멀지 않아. 문주께서 말에서 내려 경공으로 달리시면 금세 도착하실 거다. 놈들의 기습을 일이각 정도만 막아내면 족해."

남궁찬의 차분한 설명에 세가 무사들이 그제야 평정심을 되찾았다.

생각해 보면 부끄러운 일이다.

일의 전후사정을 제대로 살피지 않고 예상치 못한 일이 일어난 것에 당황해 지레 겁을 먹은 것은 대남궁세가의 검객들이 보일 행동이 아니었다.

남궁찬의 말처럼 협곡 길 위에 쌓인 돌무더기는 사람의 발까지 막을 정도는 아니었다.

특히 무림인은 더더욱 막을 수 없다. 경공을 쓸 수 있는 사람이라면 쉽게 넘을 수 있을 것이다.

더군다나 추살대에 포함된 남궁세가 검객들은 세가가 자랑하는 고수들이었다. 조금 지체는 되겠지만 금세 장내에 도착할 것이다.

현 상황을 깨달은 남궁세가의 무사들이 한편으로는 안도하면서 한편으로는 지레 겁을 먹은 사실을 창피하게 생각하는 순간, 그들이 예상했던 인물이 등장했다.

한 줄기 비웃음과 함께.

"이각? 물론 그 안에 남궁선이 올 수는 있겠지. 하지만 너희들이 그 이각을 버틸까?"

차갑고 살기 어린 냉소가 들리는 순간, 남궁찬이 재빨리 움직였다.

그의 눈에 그들이 추격하던 자의 얼굴이 들어왔다.

"홍광!"

"허어… 버릇없는 놈이구나. 감히 너 따위에게 함부로 불릴 이름이 아니다."

홍광이 걸음을 멈추지 않고 성큼성큼 남궁찬을 향해 다가오며 소리쳤다.

"이놈! 과연 마도의 무리답구나. 간교한 계책으로 위기를 벗어나려 하다니. 그런데 시간을 벌었으면 조금이라도 더 멀리 도주할 것이지. 감히 반격을 하려 해? 그게 바로 네놈의 실수다!"

남궁찬이 시퍼런 검을 들어 올리며 소리쳤다.

"후후, 물론 조금 후에는 도망갈 거야. 그런데 그전에 네놈 머리는 들고 가야겠다. 남궁선에게 경고하는 의미에서!"

번쩍!

말이 채 끝나기도 전에 홍광이 들고 있던 도가 빛을 뿌렸다.

조금이라도 시간을 허비하지 않겠다는 뜻이다. 노련한 강호의 노마다운 판단이다.

쿠오오!

홍광의 도가 움직이는 순간 그의 도에서 기이한 소음이 일어났다.

마치 공기가 한순간에 두 개의 층으로 갈리는 듯한 현상도 일어났다. 한쪽은 차갑고 한쪽은 뜨거운 듯한 착각이 들기도 했다.

하지만 적어도 싸움에 임한 남궁찬은 침착했다. 평소 성급하던 그의 성정은 자신의 장담대로 싸움에 임해서는 완전히 사라졌다.

남궁찬이 다섯 걸음 뒤로 물러났다.

쩌적!

그의 앞섶을 자르며 홍광의 도가 날카롭게 지나갔다.

순간 남궁찬이 뒤로 물러나던 몸의 반탄력을 이용해 앞으로 치고 나갔다.

"흉마!"

남궁찬의 입에서 날카로운 고함 소리가 터져 나왔다.

콰아아!

남궁찬의 검이 순식간에 공간을 장악했다.

그의 검에서 흘러나온 수십 개의 검기들이 그와 홍광 그 사이를 폭포수처럼 채워 나갔다.

"과연!"

홍광이 자신도 모르게 감탄했다.

모르는 바가 아니었지만, 남궁세가의 검공은 언제 봐도 특별하다.

수백 년 동안 발전에 발전을 거듭한 검공의 정수를 보는 것 같다.

그러나 그렇다고 홍광이 겁을 먹은 것은 아니다. 그 역시 그에 못지않은 무공을 가지고 있기 때문이었다.

"후웁!"

밀려드는 남궁찬의 검기를 바라보며 홍광이 깊게 숨을 들이마셨다.

순간 그가 들고 있던 도가 좀 더 커지는 듯한 착시가 생겼다.

은은한 도기가 그의 도를 감쌌다. 그리고 다음 순간 한줄기 도기가 폭포수처럼 밀려드는 남궁찬의 검기들을 사선으로 잘라 나갔다.

카카캉!

검기와 도기의 충돌음이 협곡을 뒤흔들었다.

두 사람이 그 충돌 속으로 망설이지 않고 뛰어들었다.

그러고는 눈부시게 격돌하기 시작했다.

도기와 검기의 충만, 화려하게 번져 나가는 도광과 검광 속에서 두 사람의 생사결이 시작됐다.

절정의 경지에 오른 고수들의 싸움은 강렬하다.

정사를 떠나 홍광과 남궁찬의 무공은 강호에서 흔히 볼 수 없는 경지의 것들이었다.

다른 때라면 두 사람의 대결은 아주 좋은 구경거리였을 것이다.

그러나 지금은 아니다.

두 무리는 생사의 대결을 펼치는 사이였고, 비록 길이 막혀 있다고는 해도 곧 남궁세가의 본대가 닥쳐들 것이다.

급한 것은 음양교였다.

그래서 그들은 자신들이 유리한 점을 최대한 활용했다.

사람의 숫자였다.

"모두 죽여 버렷!"

음양교 마인들의 날카로운 고함 소리가 터져 나오고, 음양교 마인들이 두셋 짝을 이뤄 한 사람의 남궁세가 검객을 공격했다.

아무리 남궁세가 고수들의 검공이 뛰어나도 홍광을 따르는 음양교 마인들의 협공을 홀로 받아내는 것은 무리다.

"욱!"

"큭!"

곳곳에서 남궁세가 검객들의 신음 소리가 들려왔다.

죽는 자도 나왔다.

살아 있는 자들도 그리 오래 버티기는 힘들어 보였다.

남궁찬은 이각을 말했지만, 홍광의 말처럼 그 이각이라는 시간이 그리 만만치 않았다.

그리고 그런 세가 무인들의 죽음이 남궁찬의 심기를 흔들었다.

"이놈들!"

자신을 따르던 세가의 검객들이 죽어나가자 남궁찬의 입에서 분노의 음성이 흘러나왔다.

"이각… 참 길지?"

홍광이 흥분한 남궁찬을 자극했다.

"네놈을 반드시 죽여주마!"

남궁찬이 자신을 조롱하는 홍광을 향해 폭사했다.

"그래. 어서 오라!"

홍광이 호기롭게 남궁찬을 폭주를 받아들였다.

콰쾅!

다시 홍광과 남궁찬의 도검이 충돌했다. 그러나 이번에는 조금 상황이 변했다.

남궁찬의 검이 평소와 달랐다.

평소 남궁세가의 검법은 강함보다는 유려하고 빠름을 추구하는 검법이다.

그래서 남궁세가의 검공을 본 사람들은 아름답다는 말을 하곤 했다.

그런데 지금 홍광을 공격하는 남궁찬이 검은 유려하기보다는 거칠고 강렬했다.

그건 곧 그가 흥분했다는 의미다.

사람의 성정은 쉽게 바뀌지 않는다. 변했다고 생각하는 순간 다시 본래의 성정이 드러나게 마련이다.

혹은 위급한 때가 되면 그가 가지고 있는 원초적인 성격이 불쑥 튀어나온다.

지금의 남궁찬이 그랬다.

그는 본래 급한 성정을 가진 사람이다.

하지만 무공을 수련하면서는 그를 가르친 가문의 스승들이 그 성격의 단점을 계속 지적했기에 스스로 자신의 조급한 성격을 어느 정도 제어할 수 있었다. 적어도 무공에 있어서는 그랬다.

그런데 상황이 좋지 않게 흘러가고 홍광의 조롱까지 듣자 억누르고 있던 그의 본래 성정이 불쑥 튀어나온 것이다.

그리고 그건 그에게 좋지 않은 신호였다.

카앙!

황소처럼 몰아치는 남궁찬의 검을 홍광이 교묘하게 도를 움직이면서 막아냈다.

마치 풀숲을 기어가는 뱀처럼 홍광은 남궁찬의 검기들을 이리저리 피해냈다.

그리고 한순간 광폭하게 움직이는 남궁찬에게서 허점을 발견했다.

홍광은 그런 허점을 놓칠 사람이 아니었다.

팟!

홍광의 도가 갑자기 무서운 속도로 폭사했다.

빛보다도 빠른 듯 보였다. 마치 검을 쓰는 사람의 쾌검 같은 도법.

팍!

"욱!"

날카로운 소음과 함께 남궁찬의 신음 소리가 터져 나왔다.

어느새 홍광의 도가 남궁찬의 옆구리를 깊게 찌르고 있었다.

"음!"

남궁찬이 자신도 모르게 뒤로 물러났다.

순간 그의 옆구리에서 홍광의 도가 빠지면서 피 분수가 터져 나왔다.

콰아아!

남궁찬의 옆구리가 토해내는 피가 한순간에 대지를 흠뻑 적셨다.

"젠장!"

남궁찬의 입에서 욕설이 흘러나왔다.

본능적으로 검을 들지 않은 그의 왼손이 옆구리의 상처를 눌렀다.

하지만 그의 손가락 사이로는 여전히 피가 흘렀다.

당장 치료하지 않으면 몇 각을 버티지 못하고 죽을 상황이다. 그러나 그의 눈앞에는 그 시간을 절대 허락하지 않을 홍광이 있었다.

"이자가… 참 어리석군. 그 나이가 되고도 삿대의 충동질에 흥분하다니……."

홍광이 마치 횡재를 한 사람처럼 중얼거렸다.

그러면서도 시간을 아끼기 위해서 남궁찬을 향해 날아들었다. 마지막 일격으로 남궁찬의 숨을 끊고 미련 없이 이곳을 떠날 생각이었다.

"놈!"

남궁찬이 상처에서 왼손을 떼내 두 손으로 검을 잡았다. 그러고는 다가오는 홍광을 향해 검을 밀어냈다.

콰아아!

남궁찬의 검에서 시퍼런 검기가 뻗어나갔다.

지금까지 남궁찬이 펼쳤던 그 어떤 검기보다 강렬한 검기다.

자신의 죽음을 도외시하고 오직 홍광을 베겠다는 일념으로 펼친 최후의 초식이었다.

그러므로 홍광 역시 절대 이 한 초식의 반격을 경시할 수 없었다.

"음!"

홍광의 입에서 나직한 침음성이 흘렀다.

동시에 급히 도를 회수해 자신의 가슴을 가리면서 뒤로 물러났다.

그긍!

최후의 일격이지만 남궁찬의 검기는 홍광을 찌르지 못했다.

홍광의 도와 충돌하면서 검로가 변했기 때문이다.

주르륵!

하지만 아주 효과가 없었던 것은 아니다.

죽음을 각오하고 모든 공력을 담아낸 강력한 남궁찬의 검기에 밀려 홍광이 삼사 장 뒤로 밀려난 것이다.

"큭!"

그사이 남궁찬의 몸 상태는 급격하게 악화됐다.

상처도 상처이고, 그 상처를 무릅쓰고 혼신을 다해 펼친 초식으로 인해 내상을 입은 것이다.

쿡!

남궁찬이 신음 소리를 내며 한쪽 무릎을 지면에 꿇었다.

그러고는 급히 검을 거꾸로 세워 넘어지려는 몸을 지탱했다.

"후우후우!"

그의 입에서 거친 숨소리가 연이어 흘러나왔다.

"허……! 독한 놈일세. 하마터면 몸에 상처가 날 뻔했어. 하지만 이제 더 이상은 기회가 없다. 저승에 가서 마도가 천하를 지배하는 모습을 보거라!"

남궁찬의 최후의 반격에 뒤로 밀려났던 홍광이 새삼스럽게 살기를 드러내며 그를 향해 걸음을 옮겼다.

남궁찬은 더 이상 힘이 없었다. 지금 정도의 상황이면 홍광은 느긋하게 남궁찬의 목을 벨 수 있었다.

홍광은 이 순간을 즐기고 싶었다.

대남궁세가의 고수 남궁찬의 목을 베는 이 순간은 두고두고 그의 자랑거리가 될 터였다.

그런데 그 약간의 여유가 그에게서 이 즐거운 시간의 기억을 빼앗아갔다.

홍광이 남궁찬의 거리를 좁혀 그의 목을 베기 위해 도를 들어 올리는 순간, 갑자기 계곡 저편에서 사자후가 터져 나왔다.

"마적! 물러나라!"

그리고 닥쳐드는 한 줄기 빛!

"제길!"

홍광의 입에서 자신도 모르게 욕설이 흘러나왔다.

홍광이 남궁찬을 베기 위해 들었던 도의 방향을 바꿔 자신을 향해 날아오는 빛을 막았다.

콰앙!

"윽!"

홍광의 입에서 신음 소리가 터져 나왔다.

그의 신형이 앞서 남궁찬의 최후의 반격에 밀려났던 거리만큼 다시 밀려났다.

"악적, 기다려라! 오늘 네 목을 잘라주마!"

또다시 강렬한 사자후가 계곡을 가득 메웠다.

순간 홍광이 입에서 짧은 명이 떨어졌다.

"물러난다!"

명령이 떨어지자 음양교의 마인들이 기다리고 있었다는 듯 도주하기 시작했다.

"서랏!"

"이놈들, 모두 죽여주마!"

남궁찬과 함께 선봉에 나서 홍광을 추격했던 남궁세가의 십여 명 검객 중 살아남은 사람은 겨우 서넛이었다.

살아남은 사람들 역시 성한 몸을 한 자가 없었다.

그럼에도 불구하고 그들은 도주하는 음양교 마인들을 추격하려 했다. 그만큼 원한이 깊은 것이다.

하지만 그들의 행동은 어느새 장내에 도착한 남궁세가주 남궁선에 의해 제지됐다.

"모두 멈춰라! 추격은 다른 형제들에게 맡겨라."

남궁선의 명이 떨어지자 그제야 선봉에 나섰던 남궁세가 무사들이 걸음을 멈추고, 검을 내렸다.

"부상자들을 살펴라."

남궁선의 명이 다시 떨어졌다.

그리고 그 자신은 남궁찬을 향해 달려갔다.

"아우님!"

남궁선이 급히 남궁찬을 부축하며 그의 상처를 살폈다.

"죄송합니다, 문주. 놈을… 놈을 놓쳤습니다."

"이 사람, 지금 그게 문제인가!"

남궁선이 이제는 검게 물들어가는 남궁찬의 옆구리를 누르며
말했다.

그사이 남궁선에게 뒤처졌던 남궁세가의 고수들이 연이어 장
내에 도착했다.

"아우님!"

남궁요가 남궁찬을 부르며 급히 남궁선과 남궁찬 옆으로 다
가왔다.

"약을!"

남궁선이 급히 말했다.

그러자 남궁요가 품속에서 작은 약주머니를 꺼내 그 안에 들
어 있던 작은 옥병을 남궁선에게 건넸다.

남궁선이 병의 마개를 열고는 남궁찬의 상처에 가져다 댔다.

그러자 병에서 흘러나온 흰색 가루들이 남궁찬의 상처를 덮
었다.

"으음……!"

남궁찬이 고통스러운지 낮은 신음 소리를 냈다.

"조금만 참으시게. 좋은 약이니 피가 멎고 상처가 썩는 것을

막아줄 걸세."

"후-우-후-우… 고약하군요."

남궁찬이 인상을 찌푸리며 말했다.

"그래도 효과는 좋아. 자자, 이제 견딜 만하지?"

선 채로 남궁찬을 바라보고 있던 남궁요가 물었다.

"예. 이젠 참을 만합니다. 그러니 문주님과 형님은 어서 놈을 추격하십시오. 이 기회를 놓치면 안 됩니다. 가까이 있으니 다시 이런 수작을 부리지는 못할 겁니다."

"괜찮겠는가?"

"한두 사람만 남겨두시면 됩니다."

남궁찬이 대답했다.

그러자 남궁요가 남궁선에게 말했다.

"찬 아우님의 말대로 하시지요. 지금 시간을 늦추면 그자가 또 어둠 속으로 숨어들 수 있습니다."

남궁찬과 남궁요 모두 인왕 홍광을 추격하길 원하자 남궁선도 두 사람의 의견에 동의했다.

"알겠네. 그렇게 하세. 대신 아우님은 자신의 몸을 잘 추스르게. 괜히 추격대를 따라오지 말고."

"그건 제가 알아서 하겠습니다."

남궁찬이 대답했다.

대답하는 모양새가 얼추 몸을 회복하면 추격대를 따라올 기세다.

"어허, 절대 따라오지 말게. 걸을 수 있으면 세가로 돌아가."

남궁선이 냉정하게 말했다.

그러자 남궁찬이 시무룩하게 대답했다.

"알겠습니다. 명이시라면 그래야지요. 하지만 그자는 꼭 잡으십시오."

"걱정 말게. 이 정도 거리면 놓칠 일 없어. 이미 근방의 문파들에게도 소식을 전했네. 놈이 숨을 곳은 더 이상 없네."

남궁선이 말했다.

"그럼 어서 가십시오."

남궁찬이 남궁선과 남궁요를 재촉했다.

"알겠네. 그럼 가보겠네."

남궁선이 자리에서 일어났다.

그러고는 세가의 무사들에게 명을 내렸다.

"다시 추격한다. 출발하라."

"예, 가주!"

남궁선의 명을 받은 세가의 무사들이 일제히 대답을 하고는 인왕 홍광을 추격하기 시작했다.

＊   ＊   ＊

"성급하군요."

마영 천이 근심이 가득한 표정으로 말했다.

멀리 석곡이 바라보이는 거친 바위산 위에서였다. 이 바위산을 따라 내려가면 석곡에 이를 수 있는데, 워낙 가팔라서 무공의 고수들도 꺼려하는 지형이다.

하지만 일단 산 중턱에 오르면 다른 사람의 방해 없이 석곡

주변의 상황을 살피기에는 안성맞춤이었다.

"현명한 거지."

적월이 마영 천과 다른 생각을 드러냈다.

"약속이 다르지 않습니까? 석곡 내 사람들은 함정을 제대로 준비하기 위해 이틀의 시간을 요구했는데… 겨우 하루 낮입니다. 그럼 석곡 내에서 완벽한 함정을 준비할 수 없습니다."

"갑자기 순진해진 건가?"

적월이 마영 천을 보며 물었다.

"무슨 말씀이신지……?"

"석곡 내 마호군 수뇌들이 정말 이틀의 시간이 절실히 필요했을 리 없어. 어차피 상대는 남궁세가 일문. 석곡 내로 들어간 마호군의 움직임을 눈치채지 못한다면 그 안에서 어떤 준비를 하건 승부는 결정된 것이지. 그런데도 그들이 인왕에게 이틀의 시간을 요구한 것은 결국 인왕의 세력, 그러니까 음양교의 세력을 이 기회에 약화시키겠다는 뜻이지."

"그런… 이 상황에서조차."

마영 천이 적월의 말을 믿기 싫다는 듯 말했다.

"인왕 홍광도 그걸 알고 있는 거야. 그래서 못 견디는 척 하루 낮 만에 석곡으로 들어가는 것이고. 아마 석곡에서의 싸움에서는 뒤로 물러나겠지. 남궁세가의 검객들을 유인하는 것으로 자신의 몫은 다했으니까."

"정말 그렇다면 문제군요……."

마영 천이 어두운 표정으로 말했다.

"뭐가 말인가?"

"이런 식으로 단합이 되지 않으면 마맹의 앞날은 밝지 않을 겁니다."

"그래서 마도가 오랫동안 천하를 제패하지 못한 것이지. 무림사에서 마맹보다 강력했던 마도연합은 꽤 있었지. 하지만 그 군림이 오래가지 못했어. 언제나 분열했지."

"그렇긴 하지요."

마영 천이 고개를 끄떡였다.

"하지만 나쁘지 않아. 기대치를 낮추면."

"기대치를 낮춘다 하심은……?"

"천하제패가 아니라 정사양립을 통한 생존이 목표라면 나쁘지 않다는 것이네. 결국 자신들의 부족함을 절감하고 나와 같은 사람의 존재를 고마워하게 될 테니까."

"아… 그런……."

마영 천이 미처 생각지 못했던 말이라는 듯 나직하게 탄성을 흘렸다.

"묘한 일이지. 저들이 분열하고 서로 경쟁하면 할수록 사부님의 위상은 높아지지. 더불어 나 신마령주의 권위 또한… 후후, 그래서 세상은 재밌는 것이야."

"령주님의 깊은 혜안에 탄복할 뿐입니다."

"그런 말 할 필요 없어. 이 계획은 모두 사부님의 머리에서 나온 것이니까."

적월이 말했다.

"혼마 님께서요?"

"음. 마맹을 어떤 식으로 다뤄야 하는지 세세하게 말씀해 주셨지. 그중 하나가 이런 거야. 마문들 간의 경쟁. 그 경쟁의 공정한 주관자가 되어주면 마문들은 스스로 신마령 앞에 무릎을 꿇을 거라 하시더군."

"역시……."

"역시 사부지? 참 무서운 양반이야. 앉아서 천 리 밖의 상황을 통제할 수 있으니……."

진심이었다.

적월은 진심으로 혼마 창의 혜안에 감탄하고 있었다.

그가 마영 천에게 한 말이 모두 거짓은 아니었다. 오히려 대부분 사실이었다.

"마문 간의 경쟁을 유발해. 그리고 그 중간에서 공평한 조정자로 위치해. 그럼 언젠가 서로 싸우는 것에 지쳤을 때, 그들 스스로 네 발 아래로 들어올 거야. 그게… 여러 이질적인 무리들을 통제하는 방법 중 하나지."

십이천문의 뇌옥에서 혼마 창이 적월에게 했던 말이다.

분열을 통한 지배, 강자의 출현을 미연에 방지하는 것, 혹은 마문끼리의 강력한 연대를 끊어놓는 것. 그것이 혼마 창이 큰 세력 없이도 마맹의 유일한 지배자가 된 방법이었다.

그리고 그 방법은 적월에게도 유용했다.

사실 큰 힘이 드는 것도 아니었다.

그냥 놓아두면 마문들은 본능적으로 서로 경쟁하고 다퉜다.

그 싸움이 커질 때 슬쩍 개입해 합리적인 중재자 역할을 하는 것만으로도 적월은 마맹의 유일한 지배자가 될 수 있을 것이다.

그런 마인들의 본성을 알려주고 그것을 이용하는 방법까지 제시해 준 혼마 창은 확실히 두려운 사람이었다.

"혼마께서는 이젠 더 이상 무림 일에 관여치 않을 생각이실까요?"

마영 천이 조심스럽게 물었다.

"왜, 그리운가?"

"그런 말씀이 아니오라."

"그럼 아직은 내가 못 미더운가 보군. 그대들 마영들의 주인으로서."

"아닙니다. 절대 그런 것은 아닙니다. 단지 궁금해서……."

마영 천이 다급하게 변명을 늘어놓았다.

"후후, 괜찮아. 사실 아쉽기도 하겠지. 사부 같은 절대자는 쉽게 나타나는 것이 아니니까. 더군다나 그대들을 발굴하고 키운 사람이고……."

"절대 신마령주님께 불경한 의도로 드린 말씀이 아닙니다."

마영 천이 다시 변명했다.

"글쎄, 걱정 말라니까. 화가 난 게 아니니까. 나도 솔직히 사부가 다시 강호에 나오길 바라."

"예?"

"이 짓거리는 말이야. 별로 내 성격에 맞지 않는단 말이지. 가장 먼저 머리를 써야 하고, 사람들 사이를 중재해야 하고… 때로는 약간의 겸손함도 보여야지. 귀찮은 일이야."

"……."

마영 천은 이제 신마령주 적월이 어떤 사람인지 가늠하는 것을 포기한 듯 보였다.

얼마 전까지만 해도 마맹의 권력에 강한 집착을 보였던 적월이었다.

맹주 후금의 손에서 마해류를 뺏어올 만큼. 그런데 지금은 그 권력이 귀찮다고 말하고 있었다.

종잡을 수 없는 성정이다.

그리고 이런 사람이 위험하다는 것을 누구보다 잘 알고 있는 마영 천이다.

어느 한순간 마음이 변하면 자신의 목을 칠 수도 있기 때문이었다.

더욱 조심해야 할 사람이고, 앞에서 함부로 입을 열면 안 되는 사람이라는 생각을 하며 마영 천이 침묵을 지켰다.

"빠르군."

마영 천이 적월의 성정에 대해 두려움을 느끼고 있는데, 적월은 그런 마영 천의 마음을 아는지 모르는지 석곡 인근의 상황을 주시하고 있다가 다시 입을 열었다.

마영 천이 얼른 시선을 돌렸다.

그러자 그의 눈에 시원한 청색 무복을 입은 남궁세가의 검객들이 보였다.

"조금 이르군요."

마영 천이 말했다.

"응?"

"아직 해가 지려면 한 시진은 남았는데, 그럼 석곡 안에서 기습의 효과가 반감될 겁니다."

"하지만 그래도 지금이 적당해."

적월이 이번에는 마영 천과 다른 의견을 말했다.

"그 이유가 무엇인지요?"

마영 천은 이미 적월의 의사에 반박할 생각을 갖지 않기로 했으므로 자신의 생각을 말하지 않고 단지 이유를 물었다.

"날이 어두워지면 남궁세가주는 절대 석곡으로 들어가지 않을 거야. 어둠은 본능적으로 경계심을 일으키니까. 하지만 지금 같은 대낮에는 좁은 석곡이라도 추격을 멈추지 않겠지. 이 밝음이 그의 경계심을 늦출 테니까."

"그, 그렇군요."

마영 천은 스스로 바보가 된 것이 아닌가 생각했다.

너무 단순한 이치다. 그런데 그걸 생각하지 못했다.

낮이면 누구나 경계심이 풀어진다. 그리고 지금 중요한 것은 남궁세가 검객들을 석곡으로 끌어들이는 일이었다.

일단 그들을 석곡 안으로 유인하면 밤이든 낮이든 그들을 제압하는 것은 큰 문제가 아니었다. 피해의 규모가 다를 뿐.

이 간단한 이치를 마영 천이 생각지 못했던 것이다.

평소라면 절대 있을 수 없는 일이다. 새로 모시게 된 그의 주군 신마령주에 대한 두려움과 조심스러움이 그를 평소와 다른 모습으로 만들고 있었다.

"가지."

여전히 적월은 마영천의 기분 따위는 신경 쓰지 않았다.

그가 짧게 말하고 걸음을 옮기기 시작했다. 방향은 석곡. 그곳에서 오늘 무림의 중대한 변화가 시작될 것이다.

*　　　　*　　　　*

"여기가 어디지?"

석곡 앞에서 남궁선이 걸음을 멈췄다.

그는 적월이 생각하는 것보다 좀 더 경계심이 강한 사람인 듯했다.

낮이라고 무턱대고 적을 쫓아 협곡으로 들어가는 사람이 아니었던 것이다.

"석곡입니다."

"석곡? 평소 사람이 다니나?"

"길은 있는데 즐겨 다니지는 않는 곳입니다."

수하가 대답했다.

"이유는?"

"작은 계곡이 석곡의 측면을 따라 흐릅니다. 평소에는 수량이 많지 않은데 상류에 비라도 내리면 기형적으로 많은 물이 쏟아져 들어옵니다. 그래서 맑은 날이라면 가끔 갑자기 불어난 물로 사람이 죽곤 합니다."

남궁세가의 무사가 빠르게 대답했다.

"그래? 이상하군. 날씨라는 것은 구름을 보면 알 수 있는 것인데……."

남궁선이 고개를 갸웃했다.

근방의 날씨를 살피면 비가 오는 정도는 파악할 수 있다는 의미였다.

"그게 조금 특별합니다. 석곡의 수원은 석곡 상류의 지하수로인데 그 지하수로가 삼십여 리 밖의 작은 강과 연결되어 있어서… 이곳에서는 그 강 쪽의 날씨 변화를 알기 어렵습니다."

남궁세가의 무인이 가능한 한 쉽게 석곡의 위험성을 설명했다.

"삼십 리 밖이라… 미리 알아보고 들어오지 않는 이상 위험하단 뜻이군."

"그렇습니다. 어쩌면 그 흉마가 그걸 알고 이리로 도주한 것일 수도 있습니다."

"우리가 추격해 들어가길 꺼려할 것을 기대했다는 건가?"

남궁선이 되물었다.

"그렇습니다."

남궁세가의 무사가 대답했다.

"그렇다면 어리석은 선택이군. 석곡 내 계곡의 물이 불어나 급류가 형성된다 해도 본 가의 무사들이 어찌 급류에 휩쓸릴까. 석곡 절벽을 타고 올라 급류를 피하면 그뿐인 것을……."

"그래도 추격의 어려움은 있겠지요. 그걸 노리는 걸지도……."

듣고 있던 남궁요가 말했다.

"음, 그럴 수도 있겠군. 그럼 시간을 늦출 일이 아니군. 진입한다."

만약의 경우 있을 급류 외에는 다른 위험이 없다고 판단한 남궁선이 세가의 무사들에게 석곡 진입을 명했다.

그러자 남궁세가의 검객들이 석곡 안으로 밀려 들어가기 시작했다.

*　　　　*　　　　*

"후우……!"

인왕 홍광이 길게 숨을 내쉬었다.

석곡이 보이는 순간부터는 최대한 속도를 높였던 홍광이다. 덕분에 절정고수인 그조차 숨이 찼다.

반나절 전에 벌였던 남궁찬과의 대결로 그 역시 공력이 제법 소진된 상태였다.

그 상태에서 다시 힘을 썼으니 아무리 사람의 정기를 흡수해 강력한 내공을 형성했다 해도 지치지 않을 수 없었다.

홍광이 그 정도이니 음양교의 다른 마인들은 상태가 훨씬 심각했다.

곳곳에서 허리를 굽히거나, 아예 땅 위에 주저앉는 자들도 나왔다.

또 공력이 약한 몇몇은 아예 토악질을 해대기도 했다.

뒤로 처졌다가 남궁세가의 검객들에게 따라잡히는 날에는 꼼짝없이 머리가 달아날 판이어서 죽을힘을 내 달리지 않을 수 없었던 것이다.

"괜찮소?"

가쁘게 숨을 몰아쉬는 인왕 홍광 앞에 나타난 귀수 선불이 물었다.

홍광의 상태를 묻고는 있지만, 그의 얼굴에는 못마땅한 기색이 역력했다.

"후우… 괜찮소. 숨이 찬다고 죽지는 않을 테니까."

홍광이 가벼운 미소를 지으며 대답했다.

의도와 다르게 움직인 자신에게 화가 난 선불의 표정이 재미있는 홍광이다.

"그런데… 약속이 다르구려."

선불이 뒤늦게 추궁했다.

"약속? 무슨 약속 말이오?"

홍광이 되물었다.

"시간 약속 말이오. 이곳에 좀 더 완벽한 함정을 만들기 위해 이틀 정도 시간을 끌어달라고 하지 않았소?"

선불이 차갑게 말했다.

"아, 그거 말이구려. 하지만 그건 약속이 아니지 않소. 난 그 계획에 동의한 적이 없소. 이 정도 시간을 끄는 것으로도 본 교 형제들의 피해가 적지 않았소. 하물며 말이 이틀이지, 남궁세가의 절정검객들을 상대로 음양교 홀로 이틀을 버티라는 건 곧 음양교 문을 닫으라는 말이 아니오? 대체 그런 계획은 누가 짠 것이오?"

홍광이 오히려 따지듯 물었다.

화를 낼 사람은 자신이라는 점을 분명히 밝힌 것이다.

홍광의 반발에 선불이 뻘쭘한 표정을 지었다.

애초에 음양교의 피해를 모르고 짠 계획이 아니었다. 그리고 계획을 짤 때는 외려 음양교의 피해를 원했던 선불이다.

원망을 들어도 할 말이 없다.

하지만 선불은 노련한 자다.

홍광의 반발에 대한 이유는 이미 충분히 생각해 둔 선불이었다.

"음… 인왕께서는 그리 받아들이셨구려. 듣고 보니 실수를 한 것 같소. 이쪽에서는 그래도 음양교 삼대법왕 중 한 분이신 인왕께서 계시고, 또 음양교의 정예 무사 서른이 동원되었으니 이틀 정도는 큰 피해 없이 움직일 수 있다고 판단했었소이다. 그런데 그 판단이 잘못되었다면 내 잘못이오. 미안하오."

사과는 했지만 교묘하게 음양교와 인왕 홍광의 무능력함을 지적하는 말이다.

그런 선불을 보며 홍광의 눈가에 분노가 차올랐으나 금세 그 분노의 빛은 사라졌다.

대신 퉁명스러운 말투로 선불의 말에 대꾸했다.

"뭐… 나와 음양교가 귀수께서 생각하는 것만큼 능력이 대단치 않아서 미안하게 되었소. 하지만 어쨌든 여기까지가 우리 음양교가 할 수 있는 최선이오. 그래도 남궁세가의 무리들을 석곡으로 유인했으니 우리 음양교의 임무는 어느 정도 수행했다고 할 것이오. 본 교의 형제들은 지금 너무 지쳐서 당장 싸움에 참여할 수 없으니 일단 뒤로 물러나 힘을 보충하겠소. 지금부터는 여러분께서 힘을 써주시구려."

홍광이 어디 한번 너희들도 당해보라는 듯 말을 내뱉고는 고개를 돌려 음양교의 마인들에게 소리쳤다.

"석곡 안쪽 깊은 곳으로 이동한다. 지친 몸을 충분히 쉰 후 다시 싸움에 임한다. 서둘러라."

홍광의 명에 음양교의 마인들이 누가 말릴 사이도 없이 석곡 안쪽으로 달려갔다.

그렇게 수하들을 후방으로 물러나게 한 홍광이 선불과 만독문주 엄충, 그리고 군림성의 젊은 성주 흑룡 여불을 보며 말했다.

"나도 좀 쉬어야겠소. 남궁찬이라는 늙은이 옆구리에 검을 박아 넣기는 했는데, 그 덕에 나도 좀 지쳐서 말이오. 그럼, 세 분의 활약 기대하겠소."

홍광이 그 말을 남기고는 선불 등이 다른 말을 하기 전에 홀쩍 몸을 날렸다.

"간교한 자……."

석곡 안으로 사라지는 홍광을 보며 선불이 멸시 어린 음성으로 중얼거렸다.

"본래 그런 자 아닙니까. 일단 준비하십시다. 그들이 보입니다."

만독문주 엄충이 말했다.

어느새 그들의 눈에도 남궁세가의 검객들이 보이고 있었다.

제9장
석곡혈전(石谷血戰)

　이런저런 구설수에 휘말릴 때도 있지만, 남궁세가는 남궁세가다.

　남궁세가라는 이름이 가지고 있는 문파의 역사가 천하구패란 지위보다 남궁세가를 더 가치 있게 만든다는 것을 무림인들은 알고 있다.

　당대의 천하구패 지위는 수백 년 남궁세가 역사의 일부분일 뿐이다.

　그 남궁세가의 수장 만검 남궁선은 단지 등장하는 것만으로도 좌중을 압도했다.

　저벅저벅!

　선두로 나선 남궁세가 무사들이 마맹 마호군의 마인들과 대치하고 있는 사이를 뚫고 그가 나섰다.

빠르지 않지만 느리지도 않다.

걸음에 일부러 힘을 주는 것도 아닌데 태산 같은 무게가 느껴진다. 대남궁세가의 가주다운 움직임이다.

그의 앞에 서 있는, 마도의 패권을 꿈꾸고 있는 귀수 선불조차도 이런 남궁선의 모습에 위압감을 느꼈다.

귀곡 역시 십육마문의 일원으로서 수십 년간 강호인들에게 두려움을 주는 존재였지만, 그 이름의 무게가 남궁세가에 비할 바가 아니었던 것이다.

"그대는… 귀수 선불?"

귀수 선불 앞에 선 남궁선이 고개를 갸웃하면서 물었다.

이곳에 귀수 선불이 있다는 것이 뜻밖인 모양이었다.

"날 알아보다니. 영광인가?"

귀수 선불도 고개를 갸웃했다.

귀곡이수 중 한 사람인 귀수 선불은 과거 칠마의 난 당시에도 귀곡의 극악한 아홉 장로 중 한자리를 차지하고 있어 무림에 명성이 자자했다.

하지만 그때만 해도 귀수 선불과 신수 위요금은 세상에 자주 얼굴을 드러내지는 않았다.

항상 어둠 속에서 적을 상대했던 그들이다.

물론 칠마의 난 막바지에는 그들조차도 모습을 드러내 전면전에 참여할 수밖에 없었지만.

하지만 그 시기가 그리 길지 않아서 이십 년이 지난 지금에 와서 얼굴만 보고 그들을 알아볼 사람은 그리 많지 않았다.

그런데 남궁선은 귀수 선불을 알아봤다.

선불에게는 뜻밖의 일이 아닐 수 없었다.

"칠마의 난 당시 그대를 본 적이 있지. 천산대전에서……"

남궁선이 말했다.

"그렇군. 그때는 얼굴을 감추고 싸울 때는 아니었으니까. 그런데 난 그때만 해도 하찮은 인물이었는데?"

귀수 선불이 되물었다.

"후후후, 마도의 인물답지 않게 겸손하군. 귀수 선불이 하찮다면 마도에 누가 귀한 인물인가? 설마 칠마와 견주려는 것은 아니겠지?"

남궁선이 비웃듯 물었다.

"칠마라… 그분들이라면 그대와 얼굴을 마주하지도 않았겠지."

귀수 선불 역시 남궁선을 조롱했다.

비록 남궁세가의 가주이지만 감히 칠마를 들먹일 자격이 없다는 뜻이다.

순간 남궁선의 눈썹이 꿈틀거렸다.

말은 하지 않았지만, 당대의 구패 수장들은 무림의 평에서 칠마에는 미치지 못하는 것으로 인식되고 있었다.

비록 내부 분열과 세력의 부족함으로 이십 년 전 정사대전에서 칠마가 패하기는 했으나, 한 사람 한 사람의 능력으로 보자면 칠마는 그 당시 정파 고수들을 압도했기 때문이었다.

그런 무림의 평가는 항상 구패의 주인들을 은연중 열등감에 빠지게 만드는 중요한 요소였다.

천하를 지배하고 있지만 천하제일인의 자격은 갖추지 못한 자들의 우울함 같은 것이 남궁선 등 구패의 주인들에게 있었다.

그래서 귀수 선불의 조롱은 적지 않게 남궁선의 심기를 흔들었다.

그래서인지 남궁선이 신경질적으로 입을 열었다.

"칠마… 무서운 자들이지. 하지만 그 칠마조차도 결국 우리의 손에 죽었다. 그런데 그대가 날 상대하겠다고?"

남궁선이 살기를 드러내며 선불에게 물었다.

순간 선불의 입가에 작은 미소가 떠올랐다.

"감히 내가 어찌 대남궁세가의 가주를 상대하겠는가. 다만……."

"다만?"

"다만, 이렇게 함정이라도 파고 있으니 오늘은 한번 상대해 볼만하다고 생각하고 있지."

"함정이라… 겨우 이 계곡을 믿고?"

"어찌 계곡만이겠는가? 흐흐흐… 쏴라!"

한순간 귀수 선불이 날카롭게 외쳤다.

순간 어두운 절벽의 색과 흡사한 면포를 뒤집어쓰고 절벽 중간중간에 숨어 있던 마호군의 마인들이 일제히 면포를 벗어 던지며 화살을 쏟아내기 시작했다.

촤아악!

정말 화살 쏟아지는 소리가 폭우 소리처럼 들렸다.

화살과 화살 사이가 한 자가 넘지 않는다.

완벽한 화살 공격이다.

공격이 시작됨과 동시에 귀수 선불이 뒤로 물러났다.

그러자 그가 물러난 지점에 무림에서는 볼 수 없는 장창을 든 자들이 횡으로 밀려 나왔다.

창수들은 창의 길게 늘여 남궁세가 고수들의 접근을 차단했다.

장창을 무림에서 흔히 사용치 않는 이유는 창술은 관의 군이 전장에서 집단 전술로 사용하기에는 쉽고 유용하지만, 무림에서 고수들이 일대일 대결을 펼칠 때는 허점이 많은 병기기 때문이었다.

장창은 접근전에서의 단점을 극복하기 어려운 병기인 것이다.

그러나 그 창이 오늘은 제대로 위력을 발휘했다.

장창을 든 마인들 쪽으로는 남궁세가 무인들이 몸을 피할 수 없었다.

덕분에 숨어 있던 마맹 마호군의 마인들은 마음껏 남궁세가 고수들을 향해 화살을 쏟아부었다.

물론 평소에도 동료의 죽음 따위 별로 신경 쓰지 않는 마인들이지만, 그래도 한 식구는 한 식구여서 남궁세가 검객들과 마맹의 마인들이 섞여 있었다면 화살 공격의 위력은 크게 떨어졌을 것이다.

"악!"

곳곳에서 기습적인 화살 공격에 쓰러지는 남궁세가 검객들의 비명 소리가 들렸다.

순간 검을 들어 화살을 막고 있던 남궁선이 노한 사자후를 터뜨렸다.

"육천검객은 놈들을 주살하라!"

남궁선의 명이 떨어지자 남궁세가의 검객들 사이에서 여섯 명의 중년 검객이 화살을 쏘는 마인들을 찾아 절벽을 날아오르기 시작했다.

탁탁탁!

여섯 검객이 절벽을 차는 오르는 소리가 다급하게 들렸다.

그들은 검을 든 한 손을 머리 위로 올려 검을 회전시킴으로써 자신들을 향해 닥쳐오는 화살을 막아냈다.

그리고 두 발과 나머지 한 손을 이용해 빠르게 절벽을 날아올랐다.

그러자 결국 화살을 쏘는 마인들이 여섯 명의 남궁세가 검객들과 조우했다.

번쩍!

작지만 날카로운 소음과 번뜩이는 검광, 그 뒤를 이어 비명 소리가 터져 나왔다.

"으악!"

"악!"

이번에 비명을 지른 자들은 남궁세가 검객들이 아니었다.

처음과 반대로 화살을 쏘아대던 마인들이 남궁세가 여섯 검객에 의해 절벽 아래로 떨어지며 비명을 질러댔던 것이다.

물론 그 와중에도 화살은 계속 계곡 아래로 떨어졌다.

절벽에 매복해 있던 마인들의 숫자가 이십여 명, 일곱 명의 남궁세가 검객들이 단숨에 제압하기에는 많은 숫자였다.

남궁세가가 자랑하는 육천검객의 공격에서 벗어난 마인들은 계속해서 절벽 아래로 화살을 쏟아내고 있었다.

물론 처음보다는 위력이 많이 감소한 상황이기는 했다.

덕분에 화살 공격에 쓰러지는 남궁세가 검객들은 급격하게 줄어들었다.

이제는 기습도 아니고, 그나마도 겁먹은 마음으로 쏘는 화살에 당할 남궁세가의 검객들이 아니었다.

차앙 차앙!

균일하게 화살을 쳐내는 소리가 들렸다.

언제부턴가 조금은 무료한 공방이 이어졌다.

절벽 위에서 화살을 날리는 마인들의 숫자는 급격하게 줄어들고 있었다.

죽음의 공포를 느낀 마인들은 좀 더 위쪽, 혹은 옆으로 물러나며 화살을 날렸고, 그렇게 멀어진 화살은 남궁세가 검객들을 더 이상 위협하지 못했다.

귀수 선불이 명을 내렸다.

"그만, 그쯤 했으면 됐다. 물러나라!"

효과도 없는 화살 공격을 계속할 필요는 없다.

귀수 선불의 명에 절벽 위에서 육천검객들을 피하며 화살을 날리던 마인들이 횡으로 이동해 마맹 마호군의 무리 쪽으로 떨어져 내렸다.

그러자 그들을 공격하던 육천검객 역시 절벽을 내려가 남궁세가 진영으로 복귀했다.

"이젠 무엇으로 본 가의 검객들을 상대하려느냐?"

활로 기습을 하던 자들을 물리친 만큼 남궁선이 위엄 가득한 목소리로 물었다.

그는 기습을 하던 마인들의 무공이 변변찮은 것을 목격한 터라, 비록 함정이라 해도 귀수 선불이 이끄는 마인들을 상대로 승리를 거둘 수 있다는 자신감을 가진 듯했다.

그런 남궁선을 보며 귀수 선불이 보일 듯 말 듯한 웃음을 지었다.

적이 방심했다.

이것만큼 좋은 기회가 어디 있을까.

사실 귀수 선불은 마호군의 정예고수들을 뒤에 숨기고 있었다.

절벽 위로 올라가 화살을 쏜 자들은 마호군 내에서 실력이 떨어지는 자들이었다.

화살 공격의 목적이 남궁세가 검객들을 쓰러뜨리는 데 있는 것이 아니었던 것이다.

이 공격의 진정한 목적은 그들의 방심을 이끌어내는 것. 이곳에 있는 마인들의 무공이 그리 대단치 않다는 인식을 심어주는 데 있었다.

그리고 일은 그의 의도대로 되어가고 있었다.

"화살이 떨어지면 어쩔 수 없지. 칼로 싸워야지."

귀수 선불이 대답했다.

그러자 남궁선의 입가에 한줄기 미소가 지어졌다.

"검으로 남궁세가를 상대하겠다는 거냐?"

남궁세가는 무림 검가 중 제일의 가문이다.

그 자신감이 묻어나는 남궁선의 질문이다.

"길고 짧은 것은 대봐야 아는 법이지."

선불이 퉁명스레 대답했다.

말은 그렇게 하지만 자신감이 많이 떨어진 목소리다.

그런 선불의 모습에 남궁선의 자신감은 점점 높아졌다.

"좋아. 그럼 한번 시험해 보겠다. 감히 남궁세가의 검객들을 상대할 실력이 있는지."

남궁선이 호기롭게 말했다.

그런데 그때 후미에서 그를 따라온 남궁세가의 전대 고수 중 한 명인 남궁중현이 급히 앞으로 나오며 말했다.

"가주, 신중하시오."

남궁중현은 남궁선의 숙부뻘 되는 사람이라 남궁선 역시 그의 말을 무시할 수는 없었다.

"무슨 일이신지요?"

남궁선이 급한 마음을 억누르며 물었다.

"저들이 세심하게 준비한 함정이오. 결코 지금 보여주는 전력이 전부는 아닐 것이오. 함정은 함정이니까……."

"하지만 이미 그 실력을 보지 않으셨습니까?"

남궁선이 되물었다.

그러자 남궁중현이 고개를 저었다.

"거듭 말하지만 숨기고 있는 전력이 있을 것이오."

"물론 그렇기는 하겠지만 그렇다 한들 이 좁은 계곡에 얼마나 많은 마졸들을 숨겨놓을 수 있겠습니까? 뒤쪽에 보이지 않는 마졸들이 많다 해도 그들 모두가 한 번에 우릴 공격할 수는 없습니다. 협곡으로 우릴 유인했지만 그것이 저들의 발목을 잡을 겁니다."

"그건… 가주의 말이 맞소이다만……."

틀린 말이 아니다.

수백의 적이 있어도 이 좁은 협곡에서 그들 모두가 나서서 싸울 수는 없다.

석곡의 넓이로 보아 횡으로 늘어서면 이십여 명 안쪽의 사람으로 가득 찰 것이다.

그러니 수백의 마졸이 있어도 두려울 것은 없다. 물론 수백이 있을 것 같지도 않았지만.

"우리 쪽에서는 아우들과 육천검객을 앞에 세우겠습니다. 그러면 오늘 반드시 큰 승리를 거둘 것입니다."

"후우… 가주께서 그리하시겠다면 알겠소. 한번 해봅시다. 너희들은 앞으로 나서라."

남궁중현이 남궁요 등 남궁세가주 남궁선과 같은 배분의 고수들을 불렀다.

그러자 남궁요 등이 망설이지 않고 앞으로 나섰다.

"필히 숨은 강자들이 있을 것이다. 가주를 보호하는 데 소홀치 말라."

남궁중현이 당부했다.

"알겠습니다, 숙부님!"

남궁요 등이 일제히 대답했다.

"가주… 조심하시오."

"걱정 마십시오. 숙부께서 뒤를 맡아주시겠습니까?"

"늙은이가 뭘 마다하겠소. 뒤는 내가 맡겠소."

남궁중현이 대답을 하고는 훌쩍 몸을 날려 남궁세가 검객들의 후미로 날아갔다.

그러자 남궁선이 천천히 신형을 돌려 귀수 선불을 바라봤다.

"이제 제대로 싸워야겠지?"

남궁선이 말했다.

그러자 귀수 선불이 대답했다.

"이미 싸움은 시작되었는데 그대는 모르는 모양이군."

"겨우 화살 공격으로 싸움이 시작되었다는 건가?"

남궁선이 화살 공격은 아무것도 아니라는 듯 말했다.

"후후… 어리석은 자. 함정은 누가 뭐래도 함정이다. 그리고 알고 있겠지만 우리 마도의 사람들은 싸움에 동원할 수 있는 모든 수단을 동원하지. 다른 사람의 시선에 상관없이."

그 순간 남궁선의 얼굴에 한 줄기 불안감이 스치고 지나갔다.

생각해 보면 맞는 말이다. 함정이 이렇게 허술할 리 없다. 더군다나 마도의 함정이……

"무슨 술책을 감췄는지 보겠다."

부딪쳐 보면 이자들이 숨긴 계책이 드러날 것이라고 생각한 남궁선이 검을 들어 올리며 말했다.

"쯔쯔… 싸움은 이미 시작되었다니까?"

귀수 선불이 빙그레 미소를 지었다.

바로 그때였다.

뒤로 물러난 남궁중현의 날카로운 목소리가 들렸다.

"독이다!"

혼란은 그렇게 시작되었다.

남궁세가의 검객들 사이에서 녹색의 독무가 일어나고 있었다.

그런데 이상하게도 그 기회를 노려 공격해야 할 귀수 선불 등 마인들이 오히려 더 뒤로 물러났다.

그러나 사실 그 결정은 현명한 것이었다.

독은 사람을 가리지 않는다.

마인도 독무에 휩쓸리면 타격을 입을 수밖에 없었다.

"간교한 놈들… 화살 중에 독을 섞었구나."

남궁선이 소리쳤다.

"하하하, 이제 깨달았군. 화살로 대남궁세가의 검객 몇을 죽이 겠느냐? 하지만 화살 끝에 독낭을 달아 쏘면 이야기가 다르지. 아아, 그렇다고 너무 겁먹지는 마라. 만독문주께서 극독을 쓰지 는 않았으니까. 대신… 조금 피곤할 거야. 산공독이거든. 사냥은 역시 칼로 해야 제맛이 나는 법이어서 너희들의 힘을 조금 빼는 정도로 독을 썼지. 하하하!"

귀수 선불이 호탕하게 웃었다.

그러자 어느새 그의 곁에 다가선 만독문주 엄충이 말했다.

"일각이면 충분하오. 그들은 중독되었소."

"지금이라도 극독을 쓰면 어떻소?"

귀수 선불이 앞서 한 말과 다르게 욕심을 냈다.

극독을 쓸 수 있다면 싸우지 않고도 놀라운 승리를 쟁취할 수 있어 보였다.

그러나 그의 기대와 달리 엄충이 고개를 저었다.

"바람의 방향이 좋지 않소. 그래서 산공독도 땅에 가라앉게 쓴 것이오. 효과가 반감되더라도……."

그리고 보니 바람이 석곡의 입구에서 안쪽으로 불어오고 있었다.

산공독도 가벼운 것을 썼다면 마맹의 마인들이 있는 쪽으로 움직였을 가능성이 크다.

"음, 아쉽지만 어쩔 수 없구려. 하긴 애초에 피를 마다할 싸움은 아니었소. 시작합시다."

귀수 선불이 고개를 끄떡였다.

그리고는 몸을 돌려 한껏 웅크리고 있는 마인들을 향해 소리쳤다.

"놈들은 산공독에 중독되었다. 강호의 호랑이가 아닌 순한 양이 된 것이지. 양을 사냥하는 일은 그리 어렵지 않다. 단숨에 놈들을 제압한다. 오늘 남궁세가를 무림에서 지워 버리겠다."

우-우-우!

마인들 사이에서 기괴한 전의의 함성이 일어났다.

그러자 귀수 선불이 다시 외쳤다.

"죽음을 두려워 말라. 마도의 영웅은 죽음과 함께 태어난다. 가라!"

귀수 선불의 명이 떨어지자 석곡에 모여 있던 마인들이 지옥에서 올라온 괴물들처럼 괴성을 지르며 남궁세가의 고수들을 향해 달려 나가기 시작했다.

"물러난다!"

예상치 못한 명이었다.

그들이 누군가. 대남궁세가의 검객들이다. 무림의 그 어떤 집단보다도 강한 명예심을 가진 자들이다.

그런데 그 문파의 수장이 싸우기도 전에 후퇴를 명령했다.

남궁선의 결정은 너무 뜻밖이라서 마맹의 마인들보다도 남궁세가의 검객들이 먼저 놀랐다.

비록 산공독에 중독되었다고 해도 그리 강하지 않은 산공독이다.

만독문주 엄충의 말대로 바람의 방향이 좋지 않아 약한 산공독을 쓴 터라 중독된 사람들조차도 공력의 손실이 많지 않았다.

충분히 싸울 수 있는 상태였던 것이다.

그럼에도 남궁선은 망설이지 않고 후퇴를 명했다.

"가주님, 대체 왜……?"

밀려오는 마인들과 가주 남궁선을 번갈아 보며 남궁요가 물었다.

"싸우더라도 최대한 뒤로 물러난 후에 싸워야 하네. 이 자리에서 싸우면 사람의 움직임 때문에 땅에 깔린 산공독들이 더 위력을 발휘할 거야. 일단 물러날 수 있는 만큼은 물러나게. 만약 뒤를 막는 적들이 없다면 아예 석곡을 벗어나 안전한 곳으로 물러나는 것도 괜찮고… 오늘은 뭔가 찜찜하군."

남궁선이 냉정한 분석과 함께 오랜 세월 무림을 누빈 자신의 육감까지 더해 설명했다.

남궁요 역시 노련한 인물이라 남궁선이 하는 말의 의미를 즉시 이해했다.

역시 한 가문의 가주다.

감정에 휘말리지 않고 이런 냉철한 판단을 내리는 남궁선이 존경스럽기까지 했다.

"알겠습니다, 가주!"

남궁요가 빠르게 대답한 후 남궁세가의 검객들을 향해 소리쳤다.

"싸움터를 옮긴다. 대형을 흩뜨리지 말고 석곡 밖으로 이동한다. 독지를 벗어난 후 놈들과 싸운다."

절대 후퇴란 말을 쓰지 않는 남궁요다.

싸움의 장소를 바꾼다는 말과, 후퇴하란 말이 같은 의미라도 남궁세가의 검객들이 느끼는 감정이 다르다는 것을 알고 있는 남궁요다.

그래서 노련하게 다른 말로 후퇴의 명을 내린 것이다.

남궁요의 명의 떨어지자 남궁세가의 검객들이 당황하지 않고 단단한 검진을 형성한 채 계곡의 입구 쪽으로 물러나기 시작했다.

그러나 모든 일이 남궁세가의 의도대로 되지는 않았다.

쐐애액!

날카로운 파공음. 그리고 이어지는 비명 소리.

악!

컥!

남궁세가의 고수들이 산공독의 독지를 벗어나기 시작한 지 채 일각이 지나지 않아 일어난 일이다.

그리고 이번에는 화살이 아닌 암기다.

무림에서 암기는 화살보다 훨씬 위험한 병기다. 화살은 장거리에서 사용하는 병기이지만 암기는 근거리에서 사용하는 치명적인 병기이기 때문이다.

그래서 무림에 궁술의 고수는 흔치 않지만 암기술의 고수를 자처하는 자들은 제법 많았다.

그리고 그들 중 대부분은 마도에 속한 자들이다.

그 마도 암기의 고수들이 남궁세가의 검객들을 기습한 것이다.

"조심하라. 절벽 아래로 이동하라."

애초에는 후미를 지켰다가 후퇴가 시작된 이후에는 가장 선두에 서게 된 남궁세가의 노고수 남궁중현이 급히 외쳤다.

그러자 남궁세가의 검객들이 반으로 갈라져 좌우의 절벽 아래로 이동했다.

차차창!

절벽 아래로 몸을 피하는 와중에 남궁세가의 절정검객들이 앞으로 나서 날아드는 암기를 검으로 쳐냈다.

절벽을 등지고 고수들이 앞으로 나서 암기를 막자 남궁세가의 검객들은 더 이상 암기에 죽임을 당하지 않게 되었다.

그러나 그로 인해 석곡 밖으로 벗어나려던 그들의 의도는 결국 실패했다. 대신 남궁세가의 검객들은 앞뒤로 적을 맞아야 하는 형국이 되었다.

꼼짝없이 석곡에 갇히게 된 것이다.

"아… 쉽지 않구나."

노고수 남궁중현의 입에서 나직한 탄식이 흘러나왔다.

그는 칠마의 난 당시부터 남궁세가의 대표적인 검객으로 활약한 인물이다.

그런 그의 눈에 지금 이 상황은 칠마의 난 당시 남궁세가가 겪었던 그 어떤 위험보다도 큰 위험이었다.

그 위험을 초래하는 것은 역시 방심이었다.

음양교의 음마인 인왕 홍광만을 보고 너무 적은 숫자의 고수들만 추격대에 데려온 것이다.

아무리 무림의 싸움이 고수 한 명에 의해 좌우된다고 해도 사람의 숫자는 결코 무시할 수 없다.

천하제일을 다툴 수 있는 절대고수가 있다면 다르겠지만, 그도, 남궁세가주 만검 남궁선도 고금제일을 다투는 절대고수는 아니었다.

그러므로 그들을 앞뒤로 막아선 일백이 넘어 보이는 마맹의 마인들은 크나큰 위험이었다.

완벽한 함정에 빠진 것이다.

"이놈들……."

길이 막히자 만검 남궁선이 분노했다.

그 역시 자신들이 빠져나가기 힘든 함정에 빠졌다는 것을 인정할 수밖에 없었다.

그리고 이런 상황에 빠진 것이 모두 자신의 탓처럼 생각됐다.

좀 더 신중해야 했다.

천하의 마도가 재기를 시작하는 시기였다.

음양교가 새로 구축된 마맹의 일원이 되었을 가능성은 다분했다.

이런 상황에서 인왕 홍광이 남궁세가 인근에 모습을 드러냈다. 그러면 당연히 의심이 먼저였어야 한다.

물론 홍광의 주변을 조사하지 않은 것은 아니었다. 그러나 함정이란 것이 눈에 띄면 더 이상 함정이 아니다.

보이지 않는, 드러나지 않은 적의 존재까지도 염두에 두었어야 마땅한 추격전이었다.

그랬다면 아마도 추격대와 일정한 거리를 두고 따라올 후군을 준비했을 것이다.

만약의 경우 기습을 받는다 해도 일정 시간만 버티면 후군의 구원을 받아 반격을 할 수 있는 기회를 만들 수도 있었을 것이다.

그런데 그 준비조차 하지 않은 남궁선이다.

지나치게 방심한 것이다.

칠마의 난 당시에는 절대 하지 않았을 실수. 그 마도가 부활했는데 그는 지난 이십 년간의 영화에 취해 당연한 준비조차 하지 않고 인왕 홍광 추격에 나선 것이다.

자신의 어리석은 결정으로 추격대가 전멸할 수도 있게 되었다는 생각에 남궁선은 이성을 잃을 정도였다.

"가주, 심기를 굳건히 하시오."

남궁선이 흥분했다는 것을 알아챈 남궁중현이 조금 차가운 음성으로 말했다.

그 덕에 남궁선이 애써 화를 가라앉혔다.

"완벽하게 걸려들었습니다. 모두 제 탓입니다."

화를 삭이면서도 자책의 말을 쏟아내는 남궁선이다.

"가주의 실수가 아니라 지난 이십 년, 평화로운 군림의 결과요. 마도가 부활했다고는 해도 눈으로 본 것은 아니었으니까. 현실을 직시하지 못한 것이오. 그러나… 자책만 하고 있을 수는 없소."

남궁중현이 침착하게 말했다.

"그렇지요. 어찌하면 좋겠습니까?"

평소라면 절대 이런 질문을 하지 않았을 남궁선이다.

그 자신이 이미 칠순을 바라보는 노고수가 아닌가.

그럼에도 그는 신중하게 남궁중현의 의견을 물었다.

스스로 자신의 감정 상태를 의심한 것이다. 자칫 감정에 치우쳐 잘못된 결정을 내릴 것을 걱정한 질문이었다.

이런 판단을 할 수 있다는 것 자체가 남궁선이 만만찮은 인물임을 말해주고 있었다.

"전면전은 전멸을 부를 뿐입니다."

어떻게든 포위망을 뚫고 탈출을 시도하자는 말이다.

쉽게 말하면 도주다. 굴욕적이기는 하지만 지금으로선 최선의 선택임을 남궁선 역시 알고 있었다.

"모두가 살아 돌아가지는 못하겠지요?"

남궁선이 한숨을 쉬며 물었다.

"그렇긴 하지만 또한 모두가 죽지도 않을 것이오."

전멸을 피할 수 있다면, 시도해 봐야 하는 일이라고 주장하는 남궁중현이다.

물론 남궁선 역시 그것이 최선의 방법임을 모르지 않았다.

"제가 앞에 서지요."

남궁선이 남궁중현의 의견을 받아들임을 물론 자신의 선봉에서 길을 열겠다는 의사를 표시했다.

"가주, 그건 안 되오. 어떤 경우라도 가주는 무사히 돌아가셔야 하오."

남궁중현이 단호하게 말했다.

그러나 이번만큼은 남궁선 역시 물러서지 않았다.

"본 가는… 수백 년의 전통을 가지고 있지요. 이 험한 무림에서 수백 년 동안 살아남은 이유는 두 가지 이유입니다. 하나는 본 가에서 어느 시대건 검법의 연구에 소홀치 않아 끊임없이 고수를 배출했기 때문이고, 다른 하나는… 가문을 위해 죽어야 할 때 죽음을 두려워하지 않았기 때문입니다. 오늘이 그런 때입니다. 제가 죽는다고 본 가가 멸문하지는 않습니다. 본 가에는 절 대신할 인재가 많으니까요."

"가주, 왜 그런 불길한 말씀을!"

남궁중현이 꾸짖듯 말했다.

"하하, 그렇다고 너무 걱정 마십시오. 비록 함정에 빠지기는 했으나 전 대남궁세가의 가주 남궁선입니다. 칠마가 아닌 바에야……"

남궁선의 잠시 묻어두었던 투지를 드러냈다.

순간 그가 남궁세가의 노고수 남궁중현조차도 움찔하게 만드는 강력한 기운을 뿜어냈다.

그동안 감춰두었던 대검객의 모습을 가감 없이 드러낸 것이다.

그런 남궁선의 모습에 남궁중현 역시 승복할 수밖에 없었다.

"제가 호위하지요."

남궁중현이 더 이상 반대하지 않고 남궁선의 호위를 자처했다.

"일천의 호위보다 더 든든합니다."

남궁선이 남궁중현을 보며 미소를 지었다.

"아니오. 가주께서 이렇게 단단하시니 오히려 제가 의지가 되오."

남궁중현도 부드럽게 미소를 지었다.

두 사람의 얼굴에 미소가 드리우자 남궁세가의 검객들 사이에도 활기가 생기기 시작했다.

그리고 그 활기는 강렬한 전의(戰意)로 변했다.

가솔들의 전의를 읽은 남궁선이 명을 내렸다.

"남쪽을 뚫고 탈출한다. 육천검객이 나와 함께 선봉에 선다. 두려워 말라. 죽는 형제가 생길 수도 있다. 그러나 대남궁세가의 검객으로 죽는 것은 영광이다. 죽음은 영원한 명예를 선사할 것이다. 가자!"

와아!

남궁선의 일장연설에 남궁세가 검객들이 태산 같은 함성을 지르며 석곡의 입구를 향해 달리기 시작했다.

쐐애액!
기다렸다는 듯이 다시 암기가 날아들었다.
그러나 그 암기들은 더 이상 처음과 같은 위협을 주지 못했다.
차차창!
계곡의 양쪽 절벽 아래를 달리는 남궁세가 검객들 앞에서 날카로운 소성이 터져 나왔다.
그에 따라 그들을 향해 닥쳐들던 암기들이 허공으로 비산했다.
남궁세가가 자랑하는 육천검객의 검은 단 하나의 암기도 뒤로 통과시키지 않았다.
마치 검막을 형성한 것처럼 그들 앞에 거대한 검풍의 방패가 세워졌다.
물론 반대쪽을 달리는 검객들 역시 더 이상 암기에 당하지 않았다.
만선 남궁선과 노검객 남궁중현이 선봉에 서자 암기는 더 이상 위협이 되지 못했다.
더군다나 그들은 정말 검막을 만들어내고 있었다.
진기를 검에 주입해 만들어내는 검막은 검기를 형성하는 것과는 차원이 다른 검공이다.
강력한 내공이 필요하고, 그 내공을 지속적으로 발출할 수 있는 지구력도 가져야 한다.

남궁선과 남궁중현은 그 힘을 가지고 있었다.

그렇게 절정고수들의 힘으로 암기의 공격을 막아내며 돌진한 남궁세가의 검객들이 드디어 석곡 입구 쪽을 막아선 마맹의 마인들과 충돌했다.

쿠웅!

양 세력의 충돌은 묵직하게 시작되었다.

그만큼 앞에 선 자들의 무공이 강력하다는 의미다.

남궁선과 남궁중현, 그리고 육천검객을 앞세운 남궁세가 고수들을 막아선 자들은 흑룡 여불이 이끄는 마맹 군림성의 마인들이었다.

물론 그들 사이사이에는 마도에서도 손꼽히는 암기술을 자랑하는 묵월단의 마인들이 섞여 있었다.

암기를 사용하는 자들의 우두머리로는 어울리지 않는 별호, 천수불이라는 별호를 가진 노마 왕귀가 이끄는 묵월단은 단독으로는 그리 큰 힘을 발휘할 수 없다.

하지만 이렇게 군림성의 마인들 사이에 숨어 암기를 날릴 때는 무서운 위력을 발휘하는 자들이었다.

하지만 군림성과 묵월단의 마인들은 그리 운이 좋지 않았다.

그들의 전력은 귀곡이나 만독문에 비하면 손색이 있었다. 그래서 정면이 아닌 적의 후방을 공격하는 임무를 맡은 것이었다.

그런데 남궁선이 후퇴를 결정하는 순간, 그들은 원치 않는 싸움의 전면에 서야 했다.

정면에서 남궁세가의 검객들을 막게 된 것이다.

그렇다고 적에게 순순히 길을 열어줄 수도 없었다.

싸움은 그렇게 시작됐다.

쿠쿠쿵!

연이어 묵직한 충돌음이 일어났다.

첫 격돌은 모두가 예상했듯 남궁세가 고수들의 일방적인 우위였다.

비록 대다수가 산공독에 중독되어 있다고 해도 선두로 나선 남궁선과 남궁중현 등 주요 고수들은 산공독의 중독이 심하지 않았다.

그런 고수들을 군림성과 묵월단의 마인들이 막아내는 것은 불가능했다.

크악!

연이어 비명 소리가 터져 나왔다.

석곡의 입구 쪽을 막아선 마인들이 터뜨리는 비명 소리였다.

접전이 시작된 이후 죽은 자들은 거의 대부분 마맹의 마인들이었다.

특히 남궁선과 남궁중현의 검공은 전율적이었다.

그들은 그동안 자신들이 농락당한 것을 화풀이하듯 가차 없이 마인들을 베어 넘겼다.

죽는 자가 많아질수록 길은 빠르게 열렸다.

어쩌면 단번에 석곡 입구 쪽으로 길이 뚫릴 수도 있을 것처럼 보였다.

그러자 석곡 입구를 지키던 흑룡 여불과 묵월단주 천수불 왕귀가 다급해졌다.

이대로 남궁세가의 검객들에게 길이 뚫려 버리면 오늘 석곡에 놓은 함정은 완전히 실패로 돌아간다.

그리고 그 실패의 책임은 온전히 자신들에게 돌아올 것이다.

마도에서 패자에 대한 비난과 멸시는 견디기 힘든 것이다. 더군다나 가뜩이나 군림성과 묵월단은 다른 십육마문의 후인들에 비해 열등한 위치에 있었다.

그래서 오늘 실패하면 그들은 십육마문의 지위를 내려놓아야 할 수도 있었다.

"젠장… 어떻게든 막아라. 아주 잠깐이면 족하다! 목숨을 걸어!"

흑룡 여불이 발악하듯 소리쳤다.

그러면서도 자신은 급히 자신의 수하들 사이로 물러났다.

그 자신조차도 남궁선의 검을 정면으로 상대할 자신은 없었던 것이다.

"암기를 모두 써라! 쏟아부어!"

묵월단주 천수불 왕귀도 소리쳤다.

그러자 군림성의 마인들 사이에 섞여 있던 묵월단의 마인들이 자신들이 가지고 있는 모든 암기를 토해내기 시작했다.

쐐애액!

새삼스럽게 강렬한 암기의 소나기가 내렸다.

근접전에서 쏟아지는 암기는 생각보다 강력한 위력을 발휘했다.

파팟!

"욱!"

적지 않은 숫자의 남궁세가 검객들이 암기에 맞아 쓰러졌다.

일정한 거리가 있을 때는 묵월단 마인들이 던지는 암기를 선두에 나선 남궁선 등 절정고수들이 막아낼 수 있었지만, 적진 깊숙이 들어온 상황에서는 근거리에서 쏟아지는 암기를 몇 명의 고수가 모두 막아낼 수 없었다.

덕분에 일거에 마인들의 진영을 돌파하려던 남궁세가 검객들의 걸음이 한순간 주춤했다.

그러자 군림성의 마인들이 남궁선 등 남궁세가의 절정검객들을 놓아두고 무리의 측면을 공격하기 시작했다.

평소라면 이런 공격은 아마 아무런 효과를 발휘하지 못했을 것이다.

그러나 산공독에 중독된 남궁세가의 검객들은 군림성 마인들의 공격을 쉽게 감당하지 못했다.

"끄으윽!"

"욱!"

군림성 마인들의 무지막지한 공격에 남궁세가 검객들이 비명과 함께 쓰러지기 시작했다.

"모두 죽여 버렷!"

"한 놈도 살려 보내지 마라!"

적이 쓰러지기 시작하자 전의가 되살아난 마인들은 석곡이 쩌렁쩌렁 울리도록 소리쳤다.

남궁선의 얼굴이 급격하게 어두워졌다.

서걱!

"컥!"

자신의 곁을 스쳐 지나가는 마인 하나를 신경질적으로 베어 낸 남궁선이 시선을 돌렸다.

우우우!

어느새 귀수 선불과 만독문주 엄충이 이끄는 마인들이 음울한 야수들처럼 기이한 함성을 지르며 이십여 장 안쪽으로 접근해 오고 있었다.

시간이 남궁세가의 검객들을 지옥의 입구로 몰아가고 있었다.

제10장
혼수모어(混水摸魚)의 시작

　적월은 성난 파도처럼 밀려가는 마호군을 절벽 위에서 지켜보고 있었다. 남궁세가의 검객들을 따라붙은 마호군의 정예들이 집어삼킬 듯 상대를 덮쳤다.

　카카캉!

　날카로운 도검의 충돌음과 비명 소리가 바로 옆에서 들리는 것처럼 생생하다. 소리가 빠져나갈 곳이 없는 협곡이라 그 울림이 더욱 크게 느껴졌다.

　"끝났군요."

　마영천이 말했다.

　한눈에 보아도 누구나 그리 판단할 수밖에 없는 상황이었다.

　남궁세가의 검객들 중 검을 들어 제대로 싸울 수 있는 자는 삼십이 채 되지 않았다.

반면 그들을 앞뒤로 포위한 마호군의 숫자는 일백을 훌쩍 넘는 숫자였다. 아무리 남궁세가 검객들의 무공이 뛰어나도 극복하기 힘든 전력 차이다.

하물며 남궁세가의 검객들은 약하나마 산공독에 중독되어 있었다. 싸움의 승패는 더 이상 거론할 바가 아니었다.

다만 관심은 과연 마호군이 남궁세가의 가주 남궁선을 죽일 수 있는가였다.

남궁선은 그 와중에도 군계일학이었다.

남궁세가의 검객들이 마호군의 독수에 쓰러져 갈 때도 그는 장내에서 가장 강력한 힘을 발휘하는 존재였다.

그의 검에 쓰러지는 마인들의 숫자가 이미 수십에 이르러 있었다.

그런 남궁선을 제압할 수 없다면 이 싸움은 절반의 승리에 지나지 않는다.

"남궁선을 죽일 수 있을 것 같은데요?"

무영오마 중 현이라 불리는 자가 말했다.

적월이 아니라 무영오마의 우두머리인 마영 천에게 하는 말이었다.

"그러게. 저런 상황이면 당연히 그를 죽여야지. 그를 죽이지 못하면 이 공격은 실패나 마찬가지야."

마영 천도 이 상황이면 당연히 남궁선을 죽일 수 있을 거라 판단하고 있었다.

아무리 그의 무공이 대단해도 결국 하나의 손이 열 개의 손을 당할 수 없는 법이다.

그런데 적월의 생각은 다른 모양이었다.

"그를 잡기는 어렵겠군."

적월이 무심하게 말했다.

놓아줘도 별 상관없다는 태도이기도 했다.

"그는 독 안에 든 쥐 같습니다만……."

마영 천이 적월의 말에 의문을 드러냈다.

누가 봐도 남궁선은 완벽한 그물에 걸려 있었다.

그가 그물 이곳저곳을 찢어대고 있지만 그렇다고 그물이 사라지는 것은 아니었다.

"그를 잡을 사람이 없어."

"예?"

"모두 그와 겨루는 것을 피하고 있어. 독 오른 호랑이를 상대하기 싫은 거지. 자칫하면 호랑이의 발톱에 죽을 수도 있으니까. 저렇게 서로 미루다가는… 후후, 그가 뛰어난 것인지, 아니면 마호군의 우두머리들이 겁이 많은 것인지 알 수 없군."

적월이 비웃음을 흘렸다.

남궁선 같은 대호를 그물에 가둬놓고도 그를 사냥하기를 두려워하는 귀수 선불 등 마호군의 마두들에 대한 비웃음이었다.

적월의 눈은 정확했다.

남궁선이 포위망 속에서 호랑이처럼 날뛰며 마호군의 마인들을 추풍낙엽처럼 베어 넘기고 있었지만, 마호군의 수장이란 자들 중 누구도 앞으로 나서 남궁선에게 맞서지 않고 있었다.

"자세히 보니 그렇군요. 정말 저러다가는 다 잡은 대어를 놓아주게 생겼습니다."

남궁선이 향하는 방향으로 길이 열리는 모습을 본 마영 천이 조급한 표정으로 말했다.

직접 싸움에 뛰어든 것은 아니지만, 마맹의 마인으로서 남궁선 같은 구패의 수장을 제압할 기회를 놓치는 것이 안타까운 모양이었다.

"각자 이기심이 있는 것이지. 그를 잡고는 싶지만 자신은 다치고 싶지 않은……."

적월이 무심하게 말했다.

"그냥 두고 보실 생각이십니까?"

마영 천이 물었다.

"뭘?"

적월이 퉁명스레 되물었다.

"남궁선 말입니다. 이런 좋은 기회는……."

마맹의 입장에서 보자면 이렇게 좋은 기회가 다시 오기 힘들었다. 칠마의 난 당시에도 무림 명문의 수장을 사로잡거나 죽인 일은 극히 드물었다.

그런데 지금 그 큰 기회가 눈앞에 있었다.

이건 행운이었다. 작은 노력만 기울이면 남궁선을 제압할 수 있다.

만약 신마령주가 나서서 남궁선을 제압한다면, 그의 주군 신마령주는 단지 혼마 창의 제자로서가 아니라 그 스스로 무림과 마맹에 강력한 인상을 심어줄 수 있었다.

자신의 주군에게 큰 기회가 왔다는 것에 홍분한 마영 천이 좀처럼 보이지 않던 조급함마저 보였다.

마영으로서 살아온 그의 인생을 생각하면 드문 일이다.

그러나 그의 주군은 그가 기대했던 것과 전혀 다른 반응을 보였다.

"귀찮아."

"예?"

"남궁선이 죽든 살든 내 알 바 아니야."

적월이 퉁명스럽게 대답했다.

"하지만 이런 기회는……."

마영 천은 이해할 수 없었다.

무인으로서 어떻게 이런 좋은 기회를 놓칠 수 있단 말인가.

남궁선을 베는 순간 신마령주의 위상은 칠마 이상으로 높아질 수 있었다.

그런데 그의 주군은 이렇게 큰 기회를 너무 쉽게 포기하고 있었다. 그렇다고 남궁선이 두려워서 이 기회를 포기하는 것 같지도 않았다.

그의 주군은 정말 귀찮아서 남궁선을 죽이고 마도의 영웅이 될 기회를 포기하는 것 같았다.

"그냥 살려 보내는 게 더 좋아."

마영 천의 마음을 짐작한 적월이 좀 더 진지하게 말했다.

"저로서는 이해하기 힘든 말씀이군요."

마영 천이 고개를 갸웃하며 말했다.

"정사대전을 벌여 한쪽의 승패를 가르고자 한다면 그를 죽이는 게 맞겠지. 하지만 우리가 하려는 싸움의 목적이 뭐지?"

적월이 되물었다.

"그야."

마영 천이 말꼬리를 흐렸다.

이 싸움의 목적은 정사양립이다.

전면전을 벌여 한쪽이 전멸해야 끝나는 싸움이라면, 마맹의
승리는 거의 불가능하기 때문이었다.

"정사양립… 그게 목적이라면, 아쉽지만 남궁선은 살려 보내는
것이 좋지. 만약 저자가 죽는다면 무림맹은 어쩔 수 없이 전면전
을 벌일 수밖에 없을 거야. 이 기습의 목적을 다시 생각해 봐."

"……."

마영 천이 침묵했다.

갑자기 남궁선을 죽이는 것이 그리 간단한 문제가 아니라는
생각이 들었던 것이다.

그러자 적월이 다시 입을 열었다.

"이 기습의 목적은 무굴산에 집결한 무림맹의 고수들을 각 파
로 흩어지게 하기 위함이야. 그러자면 적당한 승리가 필요하지.
만약 남궁선이 죽는다면, 무림맹 각 파는 자신들의 본거지를 포
기하고 모든 전력을 무림맹으로 데려갈 수도 있어. 혼자서는 마
맹의 공격을 막을 수 없다고 판단할 수 있으니까."

"그렇군요. 그렇게 되면 오히려 이 공격이 부정적인 결과를 가
져오겠군요."

마영 천이 고개를 끄떡였다.

"남궁선이 살아 돌아가서 자신의 패배는 남궁세가의 전력이
약해서가 아니라 함정에 빠졌기 때문이라고 생각하게 해야 해.
전력을 보충하면 충분히 세가를 지킬 수 있고, 자신을 기습한

자들을 제압할 수 있다고 생각하게 만들어야 하지. 그럼 그는 분명히 무림맹에 나가 있는 남궁세가의 고수들을 불러들일 거야. 전부는 아니어도……."

"알겠습니다. 제가 생각이 짧았습니다. 눈앞의 작은 이득을 위해 큰일을 망칠 뻔했습니다."

마영 천이 스스로 자신의 실수를 자인했다.

"그렇다고 꼭 그 이유만은 아니고… 내가 한 말도 사실이야. 사실 귀찮아. 마맹에서 신마령주 노릇을 하는 것도 별로 즐겁지는 않은데… 난 말이야. 다른 사람의 주목을 받는 게 싫어. 어둠이 좋지. 어둠은… 모르는 사람에게는 두려움을 주고, 그 안을 잘 알고 있는 사람에게는 무한한 자유를 주지. 그걸 가장 잘 알고 있는 사람이 누군지 알아?"

적월이 마영 천에게 물었다.

"……."

마영 천이 대답하지 못하고 침묵을 지켰다.

"바로 사부야."

"그… 런가요?"

마영 천이 되물었다.

그러자 적월이 말을 이었다.

"사부가 언제 무림 전면에 나서서 권력을 향유한 적이 있나?"

"……."

적월의 질문에 마영 천이 다시 침묵을 지켰다.

생각해 보면 정말 혼마 창은 세상에 자신을 드러낸 경우가 거의 없었다.

그는 언제나 몇 걸음 뒤에 있었다.

칠마의 난 당시에도 천마 파융 등 다른 칠마들이 압도적인 마공으로 무림의 절대패자로 군림할 때, 혼마 창은 언제나 세상의 그늘에 존재했다.

그리고 결국은 그런 행보가 혼마 창을 칠마의 난 유일한 생존자로 남겼다.

그러니 적월이 원하는 방식의 삶이 잘못되었다고 말할 수는 없었다.

마영들 역시 마찬가지 아닌가. 그들은 어둠 속에 있어서 힘을 가질 수 있고, 생존할 수 있었다.

만약 그들이 신분을 드러내고 밝은 곳에서 살아간다면 아마도 적지 않은 숫자의 마영들이 죽었을 것이다.

물론 지금도 위험이 없는 것은 아니지만, 마영 중에 죽은 자는 극소수였다.

"사부의 군림 방식은 아주 특별한 것이지. 하지만 결국 마도는 사부의 손안에 있지 않은가?"

"그렇습니다."

마영 천이 동의했다.

"무림사에 일시적으로 강호를 석권하고 황제와 같은 권력을 누린 자들은 여럿 있었지. 하지만 그 권력이 십 년 이상 지속한 자는 극히 드물어. 설혹 십 년을 버텼다 해도 대를 이어 권력을 이어가지는 못했지. 그러나 난 그렇게 하고 싶거든."

적월이 차분하게 말했다.

혼마 창이 마도의 지배자로 살았듯 자신 역시 마도의 지배자로 살고 싶다는 뜻이다.

그러자면 어둠 속의 지배자로 존재해야 한다는 뜻이다.

"령주님의 깊은 뜻 잘 알겠습니다."

마영 천이 적월의 뜻에 수긍했다.

"마도의 맹주를 세우는 존재. 얼마나 대단하고 무서운 존재겠어. 그럼 그걸로 족한 거야. 혹시 마영들 중에 이 어둠이 싫어서 밝은 곳에서 잠시라도 권력을 향유하며 살고 싶은 사람이 있으면 말하라고 해. 그렇게 해줄 테니까. 하지만 일단 권력을 잡은 후에는 자신의 힘으로 그 권력을 지켜야 한다는 것도 함께 말해주도록."

"…설마 감히 그런 자가 있겠습니까?"

마영 천이 변명하듯 말했다.

"아니, 아니. 그 선택이 잘못이라고 말하는 것이 아니야. 나에겐 그런 사람도 필요하니까. 나 대신 밝은 곳에서 세상을 지배해줄 사람은 언제나 필요해. 구중천주처럼 말이야. 하지만 그런 자들은 나에겐 그냥… 필요가 끝나면 버릴 수 있는 소모품일 뿐이지. 그런 뜻이야."

적월의 말이 끝나자 마영 천의 눈에 두려움이 떠올랐다.

조곤조곤 말하고 있지만 적월의 생각이 얼마나 무서운 것인지 육감으로 느끼고 있었다.

누군가를 소모품으로 쓰겠다는 사람이 어찌 무섭지 않겠는가.

그런 소모품이 되기보다는 영원히 어둠 속에서 마영으로 살아가는 편이 나을 것 같았다.

적어도 마영으로 존재하는 한, 신마령주에게 충성을 다하면 버려질 일은 없을 것이기 때문이었다.

"아마도 모든 마영이 지금은 신분과 생활에 만족할 것입니다."

마영 천이 두려움이 깃든 목소리로 말했다.

"그것도 좋고… 하지만 사람마다 생각이 다르니 말을 전하기는 해봐. 사실 요즘 마맹에서 내 말을 제대로 수행할 사람이 필요하다고 느끼고 있었거든."

"알겠습니다."

"마영 중에 없으면 적당한 자들을 찾으면 되고."

"예, 령주!"

마영 천이 얼른 대답했다.

그런데 그때 육포를 입에 넣고 우물거리고 있던 환동이 불쑥 입을 열었다.

"도망간다."

환동의 손이 석곡 아래 한 지점을 가리키고 있었다.

그곳에 남궁세가의 가주 남궁선이 있었다.

남궁선은 결국 포위망을 뚫었다.

그의 곁에 온몸이 피투성이가 된 남궁중현과 남궁요 등 남궁세가의 수뇌들이 모여 있었다.

귀수 선불 등은 여전히 일정한 거리를 유지한 채 수하들을 시켜 남궁선을 공격하고 있었지만, 그들이 직접 나서지 않는 이상 남궁선이 잡힐 리는 없어 보였다.

그 와중에 남궁선이 남쪽 포위망을 뚫은 것이다.

"가자!"

길이 열리고 남궁선의 명이 떨어지자 남궁세가의 모든 검객들이 길이 열린 쪽으로 몰려갔다.

그러자 그 기세에 길이 좀 더 크게 열렸다.

"죽여!"

"놈들을 살려 보내지 마라!"

마호군의 수장들이 호통을 쳐 명령을 내리면서 마인들을 독려했다.

그러나 그러면서도 그들 자신은 여전히 남궁세가의 고수들을 앞서서 막지 않았다.

"쯔쯧, 한 문파의 수장이라는 자들이……."

적월이 혀를 찼다.

비록 남궁선이 살아 돌아가는 것이 향후의 일을 생각하면 좋은 상황이지만, 그렇다고 마호군의 수장들, 귀수 선불이나 만독문주 엄충, 그리고 혈기왕성해야 할 군림성의 성주 흑룡 여불 등의 행동은 그의 눈살을 찌푸리게 만들었다.

수하들의 희생을 강요할 뿐 정작 자신들은 위험을 감수하려 하지 않기 때문이었다.

"재밌어. 무영마 님, 내가 가서 죽일까요?"

뜬금없이 환동이 입을 열었다.

마영 천과 다른 무영마들이 황당한 표정으로 환동을 돌아볼 정도였다.

"참아요. 죽일 사람이 아니에요."

적월이 환동을 만류했다.

그런데 그 말이 무영오마를 더 당황하게 만들었다.

적월이 대답하는 모양새가 환동이 계곡 아래로 내려가면 정말 남궁선을 죽일 수 있다고 생각하는 것처럼 보였기 때문이다.

물론 적월의 경고로 환동이 무서운 무공을 가지고 있다는 것은 짐작하고 있었지만, 그렇다고 귀수 선불 등 마문의 수장들도 함부로 공격하지 못하는 남궁선을 죽일 만큼 대단할 거라고는 생각지 않았던 것이다.

그런데 자신들의 주군 신마령주는 이 이상한 사내에 대해 그런 확신이 있는 모양이었다.

"심심한데……."

환동이 정말 따분한 표정으로 말했다.

"그래도 참아야 해요. 지금은."

"저 사람… 칼을 참 잘 쓰는데……."

환동은 여전히 아쉬운 모양이었다.

"맞아요. 칼에 대해선 강호제일을 다툴 겁니다. 하지만 그래도 참아요. 나중에… 저자보다 더 강한 상대를 찾아줄게요."

"무영마 님, 정말 그런 사람이 있어?"

반말이 섞여 나오는 묘한 환동의 말투다.

"아마도 있을 거예요."

적월이 빙그레 미소를 지으며 말했다.

"그럼 뭐… 나중에 싸우지. 무영마 님이 약속한 거지?"

환동이 어린애가 부모에게 조르듯 물었다.

"그렇다니까요. 걱정 마세요."

적월이 다시 환동을 달랬다.

"알았어. 그럼 이번에는 참을게요."

환동이 조금 일으켰던 몸을 다시 주저앉혔다.

그러자 적월이 말했다.

"남궁세가 본 가를 기습한 사람들의 소식은 들어왔나?"

"아직은 오지 않았습니다. 하지만 건물에 불 정도 놓는 것인데, 실패할 리는 없을 겁니다. 가주와 주요 고수들이 이곳에 나와 있는데……."

"그래도 모르지. 그곳에 남은 전대 검객들도 있으니. 아무튼 소식을 보내. 곧 남궁선이 돌아갈 테니. 적당히 하고 물러나라고."

"예, 령주!"

마영 천이 대답을 하고는 고개를 돌려 마영 황에게 눈짓을 보냈다.

그러자 마영 황이 급히 숲으로 사라졌다.

"우리도 그만 가지."

적월이 몸을 일으켰다.

"어디로 가시겠습니까?"

"낙양으로 가지."

마영 천의 물음에 적월이 대답했다.

"낙양… 으로요?"

마영 천이 의외라는 표정으로 되물었다.

"왜? 문제가 있나?"

"만무회로 가시는 것이 아니라서……."

마영 천이 의문을 가진 이유를 말했다.

"가봐야 이미 끝났을 거야. 그리고… 솔직히 말해서 이곳보다 더 싱거울걸?"

적월이 대답했다.

"요즘 세력이 많이 약해졌다고 해도 만무회입니다. 순순히 당하지는 않을 것입니다."

마영 천이 말했다.

"만무회가 약하다는 뜻이 아니야. 마룡군은 마호군보다 더 싱겁게 공격할 거란 뜻이지. 아마 겨우 담장이나 넘고 건물 한두 개 불태우는 정도일까? 그도 아니면 만무회 본거지에는 아예 가지 않을 수도 있고. 근방의 분타나 몇 개 쓸어버리는 정도에서 끝날 수도 있어."

"왜 그렇게 생각하십니까? 사실 마호군보다는 마룡군이 더 강한 세력을 가졌는데?"

마영 천이 되물었다.

그의 말은 사실이었다.

귀곡이나 만독문, 그리고 군림성 등이 속한 마호군보다는 구중천, 자운산장, 탈혼문, 빙궁 고수들이 속한 마룡군이 고수의 숫자나 전력에서 좀 더 강했다.

"그렇긴 해도 여기와 마찬가지로 누가 만무회와 정면으로 싸우려 하겠는가. 구중천주는 여전히 맹에 남아 있고, 빙궁주는 이런 싸움을 즐기는 사람이 아니야. 그 두 세력이 몸을 사리는데 자운산장과 탈혼문이 앞에 나서겠는가?"

적월의 반문에 마영 천이 이내 고개를 끄떡였다.

"그렇군요. 전력은 강하지만 싸우려는 의지는 약하겠군요. 마호군에 비해······."

"마호군이야 귀수 선불이 구중천주에 대한 경쟁심이라도 있으니 이 정도 싸운 것이지."

"맞는 말씀이십니다. 귀곡은 구중천에 대해 경쟁심이 있지요."

"아무튼. 만무회를 공격하는 것은 그리 대단치 않게 끝날 거야. 흉내만 내도 되는 일이고. 그러니 이제 다른 싸움을 구경 가야지."

"알겠습니다. 모시겠습니다."

적월이 낙양의 신화밀교 분타로 가려는 것을 알고 있는 마영천이 고개를 숙여 대답하고는 적월에 앞서 길을 열기 시작했다.

*   *   *

마맹 마룡군의 행보는 적월의 예상보다 훨씬 심각했다.

하나의 조직으로 모인 자들이었지만, 그 행보는 제각각이었다.

마룡군을 이루는 주요 문파들을 보면 구중천, 자운산장, 탈혼문, 그리고 빙궁이라고 할 수 있었다.

애초에 이들은 낙양과 장안 사이에 자리 잡은 만무회를 공격하기 위해 상천곡을 떠났다.

그러나 각 파의 수장들은 만무회를 향해 움직이던 중 애초의 계획을 변경했다.

그들은 만무회의 본거지가 있는 소룡산을 직접 공격하는 것을 포기했다.

그들의 전력이 소룡산 만무회 본진에 미치지 못하기 때문은 아니었다.

구중천과 자운산장, 그리고 탈혼문과 빙궁이라면, 전력을 다하면 소룡산 만무회 본진을 궤멸시킬 수도 있었다.

하지만 그러기 위해선 그들도 만만찮은 피해를 감당해야 한다.

적어도 마룡군에 소속된 고수들 중 삼 할 이상이 죽을 것이다.

그렇게 되면 승리를 거둔다 해도 마룡군에 속한 마문들의 세력은 급격하게 쇠락할 수밖에 없었다.

물론 만무회를 전멸시키는 것이 아닌 일정한 타격을 주고 물러나는 쪽으로 전략을 세우면 피해를 최소화할 수는 있었다.

그러나 그럼에도 불구하고 만무회 소룡산 본진을 공격하는 것은 위험한 일이었다.

만무회는 소룡산 본진 말고도 장안과 낙양 근방에 적지 않은 방계 문파들을 거느리고 있었고, 그들이 직접 고수를 보내 운영하는 분타도 여럿 있었다.

더군다나 소림과 무당이라는 당대 무림의 거두들과도 그리 멀지 않은 거리였다.

만약 만무회가 마룡군의 발목을 잡고 늘어져 싸움이 길어지기라도 하면 마룡군이 사방에서 포위될 수도 있었다.

상천곡을 출발한 이후 이런 사정을 파악한 마룡군 각 파의 수장들은 결국 소룡산 공격을 포기했다.

대신 그들은 황하 인근에 산재한 만무회의 방계 문파와 분타 세 곳을 공격하기로 결정했다.

싸워 이기기도 쉽고, 만약의 경우 몸을 빼기도 수월하기 때문이었다.

애초에 만무회를 공격하려던 목적이 무림맹에 나가 있는 각 파의 고수들을 자파로 복귀시켜 무굴산 무림맹의 세력을 약화시키려는 것이었으므로 굳이 만무회 본진을 공격할 필요도 없었다.

그래서 마룡군은 맹주 후금의 지시와 다르게 만무회 지파들을 공격하기로 한 것이다.

분파와 방계 문파들을 공격하는 데 마룡군 전체가 몰려다닐 필요는 없었다.

겨우 만무회 지파 하나를 공격하는데, 십육마문 네 곳이 속한 마룡군 전체가 움직인다면 강호의 비웃음거리가 될 일이었다.

그래서 마룡군에 속한 문파들은 각자 하나씩의 목표를 정해 찢어지기로 했다.

구중천과 자운산장, 그리고 탈혼문의 마인들이 각기 하나씩의 목표를 정해 공격에 나서고, 애초부터 이 일에 크게 관심이 없던 빙궁은 중간에서 만약에 대비하기로 했다.

그리고 그렇게 한날한시에 세 곳의 만무회 지파들을 공격하기로 하고 찢어진 마룡군 각 문파의 약속은 정확하게 지켜졌다.

*　　　　*　　　　*

두두두!

거친 말발굽 소리가 소룡산으로 이어지는 대로를 뒤흔들었다.

하나의 성(城)을 연상시키는 거대한 장원에서 일백에 이르는 무리들이 말을 타고 일거에 소룡산 대로를 달려 내려왔다.

그들의 선두에는 만무회주 상지손이 있었다.

만무회 고수들을 데리고 소룡산을 달려 내려가는 그의 얼굴이 붉게 상기되어 있었다.

아침 일찍 들려온 소식, 그 소식이 좀처럼 소룡산을 벗어나는 일이 없는 그를 산 아래로 내려오게 만들었다.

소룡산을 중심으로 퍼져 있는 만무회의 세력들, 그중 가장 중요한 방계 문파라고 할 수 있는 정가장이 마도의 무리에게 공격을 당하고 있다는 소식이었다.

최근 들어 만무회에는 불운이 계속되고 있었다.

급성장한 북두산문에 검신 백초산의 정통 후예라는 자리를 넘겨주었고, 그들의 재정에 큰 힘이 되었던 용가장 역시 몰락했다.

하지만 그런 것보다 더 큰 충격은 천산혈사에서 후계자 상황과 고수 흑강, 야불아 등 만무회의 수뇌들 여럿이 죽은 일이었다.

그때부터 만무회는 계속해서 문파의 세가 하락하고 있었다.

본래 창업은 오랜 시간이 걸리지만 몰락은 한순간에 일어난다고 했다.

무림의 호사가들은 연이어 이어지는 만무회의 불운이 그들이 몰락하는 전조라고 말하기도 했다.

그래서인지 조용히 만무회를 떠나는 무인들도 나타나고 있었다.

만무회라는 곳이 비록 상씨에 의해 지배되는 문파지만, 사실 천하제일가에 속했던 무인들이 하나의 세력을 형성한 문파라 그 구성원은 출신이 제각각이었다.

남궁세가나 산동 악가처럼 하나의 성씨에서 주요 고수들을 배출하는 구조가 아니었던 것이다.

당연히 만무회의 세력이 약해지면 자연스럽게 떠나는 사람들이 나올 수밖에 없는 구조였다.

그건 아주 자연스러운 일이어서, 떠난 이들을 비난하는 목소리도 거의 없었다.

그렇게 만무회가 쇠락의 전조를 보이는 시점에, 가장 강력한 방계 문파인 정가장이 공격당했다.

노련한 상지손은 이 일이 생각보다 무척 중요한 일이라는 것을 직감했다.

만약 정말 정가장이 마도의 공격을 버티지 못하고 궤멸한다면 그 여파는 만무회의 존립 문제로까지 이어질 수 있었다.

방계 문파를 지켜줄 수 없다면 만무회를 떠받치는 여러 방계의 가문들, 그리고 무조건적인 충성심을 기대할 수 없는 고수들은 미련 없이 만무회를 떠날 것이기 때문이었다.

그렇게 되면 만무회는 순식간에 구패의 지위에서 밀려나 그저 그런 중견문파로 퇴락할 것이다.

상지손으로서는 절대 용납할 수 없는 일이었다.

그래서 방계의 가문 정가장을 지키기 위해 자신이 직접 소룡산을 내려올 수밖에 없었던 것이다.

두두두!

태양이 아침 안개를 말려가고 있는 시간이지만 달리는 말과 사람에게선 땀이 흐른다.

그만큼 만무회 고수들의 질주가 급박하다는 의미였다.

그런데 갑자기 그들 앞으로 한 필의 말이 다급하게 달려들었다.

"워워워!"

히히힝!

갑작스레 고삐를 당겨대는 사람들로 인해 대로를 질주하던 말들이 앞발을 높이 들며 비명을 질러댔다.

"누구냐?"

갑작스레 일행의 앞에 나타난 자를 향해 선봉에 선 만무회 천무구당 중 이당의 당주 진쾌가 소리쳤다.

"대하문에서 왔습니다."

갑작스레 나타나 일행의 걸음을 막은 사내가 땀과 먼지로 범벅이 된 모습을 한 채 다급하게 소리쳤다.

소리치는 와중에도 숨이 가빠 제대로 말이 이어지지 않았다.

"대하문? 대체 무슨 일이냐?"

대하문은 황하 중류에 기반을 둔 중견문파다.

정가장과 마찬가지로 만무회의 방계 가문이고, 그 세력과 중요도를 보면 정가장과 쌍벽을 이루는 무가였다.

"적의 공격을 받았습니다. 문주께서 회주께 급히 구원을 요청하셨습니다!"

대하문의 전령이 숨을 헐떡이면서 다급한 소식을 전했다.

"대하문까지?"

진쾌가 당황한 표정으로 만무회주 상지손을 돌아봤다.

이렇게 되면 정가장으로만 사람을 보낼 수 없다.

대하문 역시 만무회에게는 정가장 못지않게 중요한 방계 문파가 아닌가.

"문주, 아무래도 저들이 본진의 전력을 분산시키려는 듯합니다."

만무회의 노련한 수뇌 일도객 진풍이 상지손을 보며 말했다.

"아마도 그런 듯하구려. 그래도 어쩔 수 없이 반으로 나누어 가봐야 할 것 같소. 이대로 두 문파가 무너지는 것을 보고 있을 수는 없소이다."

"화산의 예를 간과하시면 안 됩니다."

일도객 진풍이 다시 조언했다.

화산이 마맹의 잔당들을 쫓기 위해 추격대를 보냈다가 정작 본진이 기습당해 화산파의 상징인 상청궁이 불탄 것이 얼마 되지 않은 일이었다.

"알고 있소. 그래도 어쩔 수 없소. 불탄 집은 다시 지을 수 있지만, 한 번 잃은 인심을 다시 얻을 수 없소."

확실히 상지손은 보통 인물이 아니었다.

그는 적어도 만무회를 이어가는 데는 집이나 장원보다 사람의 신뢰가 중요하다는 것을 알고 있는 인물이었다.

그런데 그렇게 두 개의 무리로 만무회 고수들을 나눠 정가장과 대하문으로 사람을 보내려는데 다시 한 사람을 태운 말이 대로 끝에 나타났다.

모습을 드러낸 사람은 먼지를 일으키며 광풍처럼 만무회 고수들 앞까지 달려왔다.

"회주님!"

말을 달려온 중년 무사가 역시 땀으로 범벅이 된 몸으로 말에서 뛰어내려 만무회주 상지손에게 고개를 숙여 보였다.

"그댄 삼협 분타의 양수가 아닌가? 대체 무슨 일인가?"

상지손보다 먼저 진풍이 알은척을 했다.

"예, 노사님. 삼협 분타에 일이 생겼습니다. 마도의 무리가 삼협 분타를 기습했습니다. 분타장께서 온 힘을 다해 막고 있지만 중과부적, 본진의 지원의 절실합니다."

"음……."

상지손의 입에서 자신도 모르게 침음성이 흘러나왔다.

전면적인 공격이다.

다만 소룡산 본진이 아닌 만무회의 팔다리라 할 수 있는 방계 문파와 분타들에 대한 공격이었다.

이런 상황이라면 본진의 세력을 나눠 곳곳으로 구원을 보내는 것은 아무런 의미가 없다.

아니, 오히려 그렇게 작게 나뉜 힘들이 적들의 함정에 걸려 전멸할 수도 있었다.

"후우……."

"회주님, 어떻게 하면 좋겠습니까?"

평소라면 좋은 계책을 내놓았을 진풍이 오히려 상지손에게 물었다. 그러자 상지손이 잠시 생각에 잠겼다가 눈살을 찌푸리며 말했다.

"어쩔 수 없소. 외부에 나가 있는 본 회의 세력을 모두 소룡산으로 불러 모아야 할 것 같소. 그렇지 않고 적의 의도대로 전력을 나누면 필시 만무회는 사방에서 공격당해 전멸을 면치 못할 것이오."

"그럼 공격받고 있는 지파들은……?"

"사람을 보내시오. 지금 본 회에 일어나고 있는 일들을 소상히 설명하고, 아쉽지만 각자의 터전을 포기하고 모두 소룡산으로 퇴각하라 하시오. 괜히 터전을 지키려다 사람을 희생시키는 일이 없도록 하고. 지금 공격받는 정가장과 대하문, 그리고 삼협 분타에는 소수의 정예고수를 보내 퇴로를 확보하는 것으로 합시다."

"…알겠습니다. 지금으로선 그것이 최선이겠습니다."

진풍도 상지손의 명에 수긍할 수밖에 없었다.

아쉽지만 외부의 세력 유지를 포기하고 소룡산 만무회 본거지를 중심으로 만무회의 전력을 최대한 유지하는 것이 중요했다.

정사대전이 벌어지면 결국 살아남는 자가 승자가 될 것이고, 천하의 권역은 다시 재편될 것이기 때문이었다.

이미 정사대전이 시작되었음을 부인할 수 없게 된 상황에선 최선의 선택이었다.

"무굴산 무림맹에 나가 있는 전력들도 절반은 돌아오라 하시오."

상지손이 다시 명을 내렸다.

"맹에서도요?"

진풍이 놀란 표정으로 되물었다.

"지난 칠마의 난 때 교훈을 잊지 마시오. 맹의 승리도 중요하지만 본 회가 살아남는 것도 중요하오. 정사대전에서 승리하고 난 이후 만무회가 온전히 남아 있지 않다면 그게 무슨 소용이겠소?"

상지손이 냉정하게 말했다.

"알겠습니다. 그리하겠습니다."

이미 한 번 겪은 정사대전이다.

진풍도 칠마의 난 이후 구패가 어떻게 정립되었는지 자신의 눈으로 본 사람이었다.

지금은 의리를 앞세울 때가 아니었다.

모든 문파가 각 파의 실리에 따라 움직이는 난세다.

만무회주 상지손의 결정은 당연한 것이었다.

"더 이상 전진하지 않는다. 여긴 소룡산 본 가와 반나절 거리이니 이곳에서 진을 치고 대기한다. 본 가의 형제들이 무사히 소룡산으로 돌아오는 것을 확인한 후 본 가로 돌아가겠다."

상지손이 무거운 음성으로 명을 내렸다.

"예, 회주!"

만무회의 고수들이 일제히 대답을 하고 급히 말에서 내려 간단한 숙영지를 구축하기 시작했다.

*   *   *

강호에 소문이 퍼지는 것보다 며칠 앞서 적월에게 소식이 전해졌다.

소식을 전하는 자들은 두 부류였다.

마맹의 마해밀도, 그리고 혼마 창의 비밀스러운 전사들인 마영십이조. 이들 두 무리는 적월에게 앞을 다퉈 강호의 소식을 전했다.

물론 마영들보다는 마해밀도를 통해 들려오는 소식이 두어 배는 많았다.

마영들에게는 각자 맡겨진 임무들이 따로 있어서 강호의 소식을 다루는 일은 마해밀도가 마영들을 앞섰다.

하지만 정보의 가치로 볼 때는 마영들의 정보가 적월에게 훨

썬 중요했다.

마영들은 아주 오랫동안 무림의 각 세력에 깊이 침투해 있어서 그들의 내밀한 정보들을 캐내고 있기 때문이었다.

하지만 당장은 마해밀도를 통해 들어오는 강호의 소식이 적월의 관심을 끌었다.

"모두 영악하군."

황하를 앞에 두고 마해밀도를 통해 소식을 전해 들은 적월이 말했다.

강을 건너면 곧장 낙양으로 이어진다.

남궁세가를 떠난 지 열흘의 채 안 되는 시간이었다.

그사이에 들어온 가장 중요한 소식은 마룡군이 무리를 나눠 만무회의 각 지파를 공격했다는 것이었다.

"예상은 했지만 마맹의 약점을 그대로 보여주는 일이군요. 맹주의 령은 미약하고, 각자 마문은 자신들이 유리한 대로 행동하고 있습니다. 후우, 오합지졸이라……."

마영 천이 말하며 한숨을 쉬었다.

"나쁘지 않아."

적월은 전해진 소식을 그리 심각하게 생각지 않았다.

"어째서 말입니까?"

마영 천이 되물었다.

비록 소기의 성과를 거두기는 했지만, 마룡군이 보여준 행태는 마맹의 허술한 결집력을 여실히 드러낸 것이기 때문이었다.

어떤 경우에도 이런 모습은 좋은 것이 아니다.

"두 가지 면에서 좋아. 첫 번째는 어쨌든 이번 출정의 목적은 달성했다는 것, 두 번째는 그들에게 부인할 수 없는 약점이 생겼다는 것."

"약점이요?"

"음… 만약에 향후 마맹 내의 분쟁이 생기면 그들이 맹주와 약속한 군령을 함부로 어긴 이번 행동이 발목을 잡을 거야."

"아……."

"스스로 약점을 만든 거지. 나로서는 이래저래 좋은 일이지."

적월이 희미하게 미소를 지었다.

적월은 이후 마룡군과 마호군의 행보에 대해서는 더 이상 언급하지 않았다.

마해밀도를 통해 들어온 소식에 대한 관심을 거기까지였다.

적월의 관심은 이제 강 너머, 낙양 땅에 있는 신화밀교의 비밀 분타 현학원으로 향해 있었다.

『십이천문』 13권에 계속…

이제부터 전자책은

이젠북

www.ezenbook.co.kr

새로운 세계가 열린다!

김재한 『성운을 먹는 자』   철백 『대무사』
니콜로 『마윙의 게임』   가프 『궁극의 쉐프』
이경영 『그라니트:용들의 땅』   문용신 『절대호위』
탁목조 『일곱 번째 달의 무르무르』   천지무천 『변혁 1990』
강성곤 『메이저리거』   SOKIN 『코더 이용호』

이름만 들어도 황홀할 정도의 별들의 향연!
이들의 "유료연재"가 시작됩니다!

검색창에 **이젠북**을 쳐보세요! ▼

초대형 24시 만화방

신간 100%, 샤워실, 흡연실, 수면실(침대석), 커플석, 세탁기 완비

■ 광명 광명사거리역점 ■

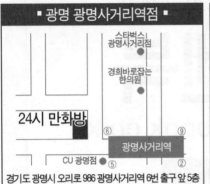

경기도 광명시 오리로 986 광명사거리역 6번 출구 앞 5층
02) 2625-9940 (솔목타워 5층)

■ 강북 노원역점 ■

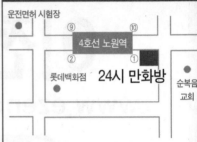

서울 노원구 상계동 340-6 노원역 1번 출구 앞 3층
02) 951-8324 (화용빌딩 3층)

■ 일산 정발산역점 ■

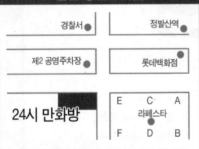

라페스타 E동 건너편 먹자골목 내 객잔건물 5층
031) 914-1957

■ 일산 화정역점 ■

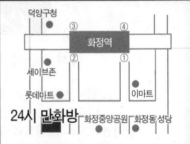

경기도 고양시 덕양구 화정동 984번지 서일빌딩 7층
031) 979-4874 (서일사우나 건물 7층)

■ 부천 역곡역점 ■

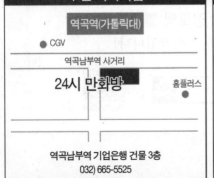

역곡남부역 기업은행 건물 3층
032) 665-5525

■ 부평역점 ■

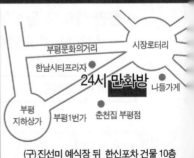

(구) 진선미 예식장 뒤 한신포차 건물 10층
032) 522-2871